Life
is
full
of
mystery

고양이가 정답이다

고양이가 정답이다

장우석 연작소설

차례

제로의 추억

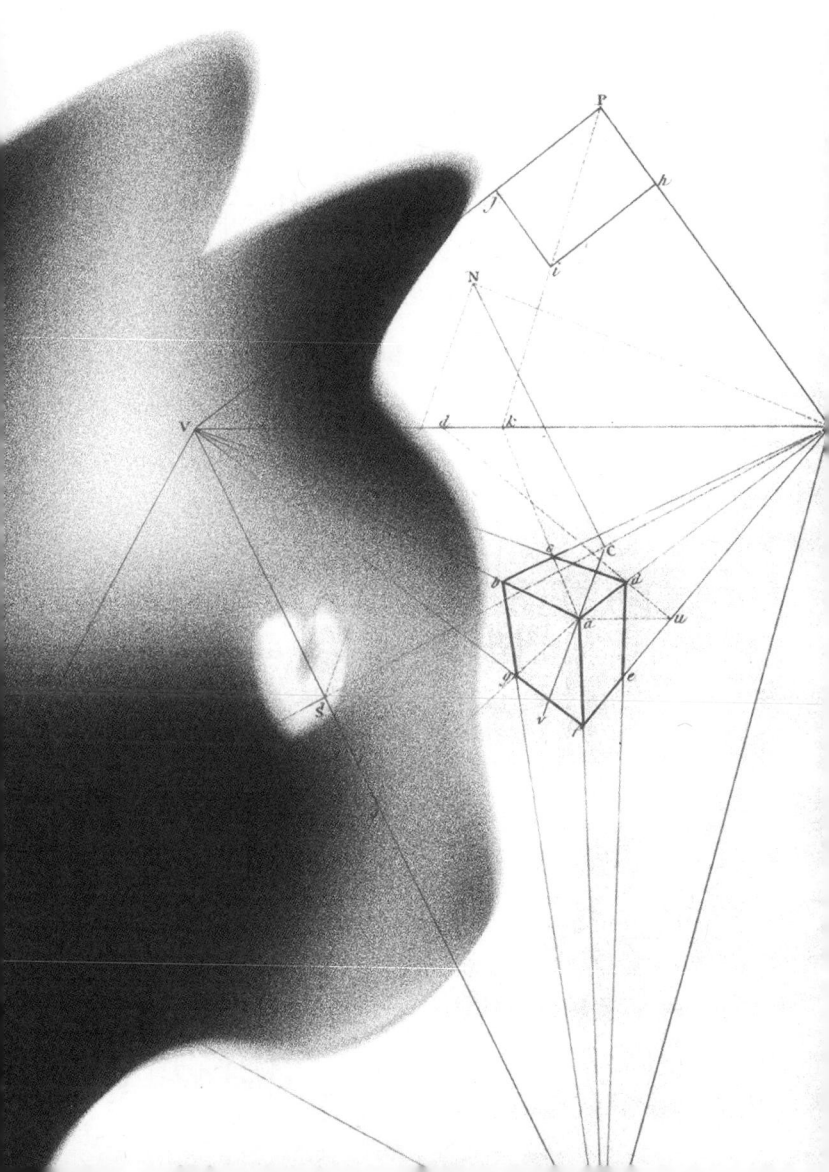

주관식은 집에서 가져온 사료 봉지를 바지 뒷주머니에 넣은 채 계단을 내려왔다. 점심시간이라 급식실에서 풍기는 음식 냄새가 둘레길 전체에 은은하게 퍼지고 있었다. 고양이들도 슬슬 움직이겠군. 신장이 약한 고양이에게 인간의 음식물 쓰레기는 치명적이다. 관식의 직장인 아인고등학교(雅人高等學校)는 대형 아파트 단지와 낮은 담 하나를 사이에 두고 있었다. 그래서인지 고양이들이 경계를 넘나들며 여기저기에 서식하고 있었다. 관식과 안면이 있는 녀석은 세 마리 정도였다. 관식이 도서관 모퉁이를 돌자마자 일광욕을 하고 있는 카오스가 눈에 들어왔다. 녀석은 길고 좁은 비닐봉지 입구를 꿀이라도 빠는 듯 핥고 있었다. 편의점에서 파는 츄르였다. 건강에 그리 좋지 않은 간식이지만 그래도 음식물 쓰레기보다 백 배 낫다.

　"이 녀석 때문에 여기까지 온 거야?"

　관식이 물었다.

　우현이 조심스럽게 일어서자, 카오스는 혀를 두어 번 날름거리더니 길을 가로질러 건물 쪽으로 사라졌다. 세상 속 편한 녀석들.

　"도서관에 왔다가 가는 길에 만나서요."

　관식의 눈에 하얀색 장정의 조그만 책이 눈에 들어

　　　　　　　　　　제로의 추억

왔다.

"수학책이니?"

우현은 쑥스러운 표정으로 고개를 끄덕였다. 아인 고등학교 도서관에는 오래된 수학책이 많았다. 관식이 부임 초부터 주문한 수학 퍼즐부터 대학 수준의 이론서까지, 도서관 2층 자연과학관의 커다란 원목 책장 세 개를 가득 채울 만큼의 양이었다. 학교 비용으로 비싼 책들을 구매할 때마다 느끼곤 했던 양심의 가책이 눈앞의 제자 덕분에 조금은 가벼워진 듯했다.

"듀드니 퍼즐 같은데…."

우현은 놀란 표정으로 책과 관식을 번갈아 보고는 천천히 말했다.

"이번 동아리 발표회에서 친구들이 상품 걸고 퍼즐 대회를 해보자고… 해서요. 찾아보려고 빌렸습니다."

"괜찮은 생각이네."

말은 그렇게 했으나 발표회가 진행되는 한나절 내내 수학 동아리 부스를 방문하는 학생은 그리 많지 않다는 걸 관식은 모르지 않았다.

관식은 풀숲 한가운데 말뚝처럼 서서 말하기 시작했다.

"듀드니는 수학을 이용해서 만든 퍼즐로 유명한 수

학자지. 나도 예전에 퍼즐 몇 개를 풀려고 시도한 적이 있었는데 쉽지 않더라. 풀었다고 착각하게 만드는 퍼즐이 많다."

쉬운 거 같은데 알고 보면 조건들이 교묘하게 얽혀 있는 문제들. 우현의 눈이 반짝거렸다. 관식은 맞물린 세 개의 톱니바퀴 문제를 떠올렸다. 10년 넘게 기억 속에 묻혀 있던 문제를 상기해낸 걸 보면 치매에 걸리진 않을 것 같아서 기분이 좋아졌다. 그때 수업 시작을 알리는 종소리가 울렸다.

"시간을 뺏었구나."

"아닙니다. 선생님."

"고양이 간식 떨어지면 말해라. 내가 빌려줄 테니. 상부상조 말이야."

우현은 입술을 일자로 편 상태로 고개를 숙이고는 풀숲 반대쪽으로 몸을 돌렸다. 관식도 통행로 쪽으로 걸어 나왔다. 예상대로라면 우현은 오늘 중으로 관식의 연구실을 방문할 것이다. 세 개의 톱니바퀴 문제를 가지고. 우현은 관식이 이제까지 경험한 가장 뛰어난 천재니까.

관식은 10년 전 아인고등학교로 부임했다. 학창 시절 철학에 관심을 가지기도 했다. 하지만 수학이야말로 철학의 가장 순수한 형태라는 어느 철학자의 말을 접한 후 자신이 가장 좋아하고 자신 있는 과목인 수학으로 방향을 정했다. 학부를 마치고 대학원에 진학한 후 본격적으로 수학 연구에 매진했다. 6개월의 방황 끝에 도형과 수를 새로운 각도에서 연결할 수 있는 개념을 정의하는 데 성공했다. 잘 정의된 개념은 이후의 전개를 스스로 이어간다. 날마다 하나씩 정리가 증명되는 기분은 창조주가 세상을 만들었을 때의 기분을 짐작하게 할 정도로 황홀했다.

총 여덟 쪽의 짧은 논문이었다. 제목은 〈소인수분해의 새로운 가능성에 관한 필요하고도 효율적인 개념〉. 수학과 박사과정을 밟고 있는 주관식이 대단한 논문을 써냈다는 소문이 자연과학 대학 전체에 퍼져나갔다. 논문 심사장은 청중으로 발 디딜 틈이 없었다. 수학과 논문 심사 역사상 처음 있는 일이었다. 참석자 중 99퍼센트는 관식의 논문이 아마존 원주민의 자기소개만큼이나 낯설게 들렸을 게 분명했다. 전공자가 아닌 교수들마저 청중의 침묵에 동조했다. 관식이 발표를 마치자마자 나이 들어 보이는 교수가 마이크를 잡았다.

"실수 부분이 0.5인 리만 영점의 해가 무수히 많다는 건 영국 수학자 하디가 이미 증명한 사실입니다. 발표자의 논문에 따르면 리만 영점의 해, 그러니까 실수 부분이 0.5인 리만 영점의 또 다른 형태의 추가 해를 구할 수도 있을 것 같은데 어떻게 생각하십니까?"

사실상 논문 내용을 인정한 상태에서 제안한 추가 질문이었다.

"질문하신 내용은 현재 연구 중인 주제인데요. 아직 확실히 말씀드릴 순 없지만 제가 발견한 방법을 적용하면…."

관식의 고개가 살짝 왼쪽으로 기울어졌다.

"가능할 것으로 예상됩니다."

잉크가 물속을 달려가듯 탄성이 실내에 퍼져나갔다. 질문자는 만족한다는 듯 고개를 끄덕였다. 몇 가지 사소한 질문이 더 나왔고, 관식은 화이트보드를 적절히 사용하며 차분하게 대답했다. 논문 발표가 마무리되는 상황이었다. 그때 왼쪽 끄트머리 맨 앞에서 조그만 손이 살짝 올라왔다. 외부 인사 자리였다.

"논문 첫 페이지에서 제안한 집합 말인데요."

여성의 좌석 앞자리에 이름과 소속 기관이 적혀 있었다. 대학이 아닌 연구소였다.

첫 페이지에 질문할 게 있었나? 관식은 편안한 표정으로 질문자에게 고개를 끄덕였다. 질문자는 몇 가지 기본적인 사항을 확인했다. 말하는 투로 봐서 정수론 전공자는 아닌 듯했다. 질문자는 논문의 마지막과 처음을 두어 번 왔다 갔다 하더니 비로소 관식의 얼굴을 쳐다보았다. 차분한 눈빛이었다.

"…해당 집합에 관한 질문은 이것입니다."

관식이 뭔가 이상하다고 느낀 것은 질문자를 따라 의례적으로 논문의 마지막 페이지와 첫 페이지를 연결해서 보았을 때였다. 수와 도형의 엄혹한 사막에서 미지의 장소에 숨겨져 있는 오아시스들을 찾아 사유의 생명줄을 이어가면서 횡단에 성공해 얻어낸 결론이 너무나 낯설게 느껴졌다.

"제 생각엔…."

질문자는 수줍은 표정을 지었다. 바로 그때 관식은 깨달았다. 논문을 시작할 때 바로 인지했어야 할 부분이 그제야 눈에 들어왔다. 관식은 가슴이 뻐근해졌다.

"논문의 전제가 공집합(empty set)이 될 가능성이 있지 않을까요? 이 부분을 다시 한번 검토해볼 필요가 있다고 생각합니다."

여성이 마이크를 내려놓았다. 심사 위원석이 웅성

거리기 시작했다. 관식은 온몸에서 피가 천천히 빠져나가는 것을 느꼈다. 정중앙에 앉아 있는 지도 교수는 경악한 표정으로 관식을 쳐다보았다. 질문자는 최대한 정중하게 질문을 마무리 지었으나 요지는 간단했다. 관식이 제안한 개념은 원소가 존재할 수 없는 공집합이었다. 즉 전제에 모순이 있었다. 논리적으로 모순인 집합에서 유도되는 결론은 무의미하다. 몇 달 동안 깊은 바닷속에서 생전 처음 보는 보물을 끌어 올리는 환상을 맛보며 찾아낸 정리들. 아름답고 모범적이었던 논리의 성과물은 모두 어처구니가 없을 정도로 바보 같은 착각이었다.

졸업이 한 학기 연기되었다. 관식은 연구실에 나타나지 않았다. 누군가의 말처럼 인간이 신을 사랑하는 것만큼 신은 인간을 사랑하지 않는다. 결국 2년이 더 지나서야 〈스토크스 정리의 일반화 조건들의 비교〉라는 제목의 지극히 평범한 주제로 새 논문을 제출해 논문 심사를 통과했다. 졸업 후 관식은 학부 강의를 하며 연구를 계속했다. 정수론과 기하학에 관한 논문을 몇 편 써냈으며, 수학사와 논리학에 관한 논문을 학회에 제출했다. 몇 년의 시간이 흘렀고, 이력서를 넣은 대학에서는 연락이 없었다. 외국의 유수 대학을 졸업한 SCI급 수재들이 매년 늘어나는 상황에서 딱히 눈에 띄는 업적이 없는 관식을 교수로 초빙할 수도권 대학은 없었다. 그렇다고 언제까지고 여기저기 기웃거리며 차비 수준의 수고료를 받는 보따리 장사 생활을 할 수도 없었다. 결정을 내려야 했다. 생활을 유지하고 계속 연구할 수만 있다면 어디든 좋다고 관식은 생각했다. 결심이 서자 미련 없이 짐을 쌌다. 몇 군데 중등학교에 이력서를 넣었고, 제일 먼저 합격 통지를 보내온 곳이 아인고등학교였다. 가을바람이 불어오기 시작하는 9월 초의 어느 날이었고, 관식이 서른두 살이 되던 해였다.

관식은 간간이 학술지에 투고했지만 스스로도 만족할 만한 수준은 아니었다. 그 옛날 자신이 닫아버렸던 세계를 향한 아쉬움은 화석으로 남아버렸다. 삶이 이대로 끝날지 모른다는 두려움은 시간이 지나면서 자기연민으로 바뀌어갔다. 관식은 자신이 실패한 존재라고 느꼈다. 그러다가 동아리를 만들기로 한 건 학교라는 공간이 그에게 줄 수 있는 조그만 위안이 될 것 같아서였다. 수학은 좋아하는데 성적에는 큰 관심이 없는 학생들을 모집한다는 문구가 마음에 들었는지 네 명이 지원했다. 동아리 이름은 제로로 정했다. 자신을 삭제해버리고 아무것도 남지 않은 존재라는 의미였다.

$$x - x = 0$$

학생들은 무슨 생각에서인지 제로라는 동아리 이름을 마음에 들어했다. 학교 규정에 따르면 동아리 구성원은 최소 세 명 이상이어야 한다. 첫해는 살아남았으나 학년이 바뀌며 두 명이 나가고 신입이 들어오지 않아 다음 해에는 동아리가 없어졌다. 제로는 해가 바뀔 때마다 새로 학생들을 모집해야 했다. 학생들은 기출 문제를 풀어주거나 생활기록부를 화려하게 채워줄 수 있는 다른 수학 동아리에 관심을 가졌다. 관식은 개의치 않았다. 한 명이든 두 명이든 신청자가 있으면 받았다.

동아리 활동 시간에 관식은 아이들을 데리고 수학 체험관과 수학 전문서점에 가기도 하고 학술대회 참관을 신청하기도 했다. 물론 성적에 큰 도움은 되지 않았다. 뛰어난 아이도 몇 명 있었다. 교과서 맨 뒤에 나오는 수치표의 계산 원리를 찾아낸 아이도 있었고, 통계학의 중요한 정리의 증명을 시도한 아이도 있었다. 동아리 방 화이트보드에 수식을 쓰고 그림을 그려가며 증명에 열을 올리는 아이들을 볼 때면 자신이 놓쳐버린 미래에 대한 회한이 샘솟았다. 남우현이 동아리에 온 것은 그 시점이었다.

　매일 똑같아 보이는 일상 속에서도 시간은 모든 것을 조금씩 바꾸어놓고 있었다. 교실에 전자칠판이 도입된 후로 분필은 옛 물건이 되었다. 학생들에게 태블릿이 지급되었고, 이제 학생이 수업 시간에 게임을 해도 교사는 확인하기가 힘들었다. 학생들을 믿는 수밖에 없었다. 관식은 종례를 끝내고 동아리 방이 있는 4층으로 향했다. 동아리 방 끄트머리에는 나무 문이 하나 더 있고 안에는 좁은 방이 있다. 관식이 자리에 앉고 얼마 지나지 않아 노크 소리가 들렸다. 누군지 안다는 듯 관식은 웃으며 문을 열었다.
　"저… 아까 말씀하신 문제 좀 생각해봤는데요…."
　관식은 우현에게 눈짓으로 계속 말해보라고 했다. 우현은 얇은 노트를 편 채로 관식 앞으로 다가왔다. 근처 학원에서 나와 등교하는 학생들에게 나눠주는 조그만 노트였다.
　"이렇게… 해보면…."
　크기가 다른 세 개 톱니의 맞물림이 만들어내는 몇

가지 실용적 결과가 주어진 상태에서 해당 결과를 가능케 하는 톱니의 바퀴 수들 사이의 상호 관계를 찾는 문제였다. 그냥 얼핏 봐도 상당히 높은 수준의 정수론 지식이 있어야 접근할 수 있는 문제였다. 관식은 답을 알고 있었지만 그게 유일하다는 보장은 없었다.

"이건 정사각형인데?"

관식은 흥미로운 표정으로 자를 대고 정성스럽게 그린 그림을 유심히 쳐다보았다. 크기가 다른 두 개의 정사각형을 서로 포갠 상태에서 정사각형의 회전을 이용해 톱니바퀴의 맞물림과 일대일 대응 관계를 만들어낸 그림이었다. 복잡한 계산 문제를 직관적인 그림으로 전환해낸 것이다. 관식의 눈길은 그림의 맨 아래쪽에 머물렀다. 그의 예상이 맞았다. 그가 찾아낸 답은 많은 정답 중 하나일 뿐이었다. 우현은 조건을 만족하는 순서쌍이 무수히 많음을 증명했다. 관식은 원목 의자에 앉아 노트를 다시 볼까 하다가 마음을 접었다. 이건 듀드니가 보더라도 인정할 수밖에 없는 증명이라고 생각했다.

"이 그림 어떻게 생각해낸 거니?"

어색한 표정으로 노트를 바라보던 우현이 말했다.

"지난번 동아리 수업 때, 선생님이 변환 관련해서

제로의 추억

말씀해주신 게 생각나서…."

그래. 그렇단 말이지. 고개를 끄덕이던 관식의 눈이 살짝 커졌다. 정사각형을 돌리면서 만들어지는 도형에 정수의 성질을 대응시킬 수 있겠다는 생각이 들었기 때문이다. 나아가서 정사각형의 개수를 조정하는 원리를 찾으면… 어쩌면 소수의 성질과 연결될 수도 있을 것이다. 관식의 얼굴에 미소가 번졌다.

"우현아, 이 문제 말이다."

관식은 노트를 닫았다.

"이번 동아리 발표회에서 개인 발표 주제로 하면 어떻겠니? '정사각형 회전에 대응하는 정수의 성질', 이런 제목으로 말이다."

우현은 잠시 생각하더니 천천히 물었다.

"그게… 주제가 될까요?"

이 녀석은 자기가 뭘 했는지 잘 모르는 게 흠이다. 우현이 가고 난 후 관식은 동아리 방에 30분 정도 더 머무르며 작은 화이트보드에 우현의 아이디어를 추상적인 언어로 정리했다. 우현이 구성한 방식이 소인수분해의 가능성을 판별하는 새로운 아이디어라는 생각은 착각이 아니었다.

우현은 1학년 2학기 초에 아인고등학교로 전학 왔다. 등교 첫날 예전 학교 교복을 입고 앉아 있는 우현을 보고 교사들은 실소를 터뜨렸다. 우현의 담임인 역사 선생님이 3교시 직후 관식에게 전화했다.

"주 선생님, 우리 반에 전학생이 왔는데요. 선생님 동아리 있잖아요. 제로. 그거 신청했어요. 다음번 동아리 시간부터 참여할 겁니다. 10312 남우현이에요. 잘 부탁드려요."

매년 회원 모집에 사활을 걸던 관식에게는 희소식이었다. 우현은 수학 문제 풀이와 컴퓨터 게임 그리고 코스프레가 취미이자 학교생활의 전부인 제로 회원 네 명의 어색한 환영을 받았다.

우현은 교내 둘레길을 산책하던 관식의 눈에 주기적으로 띄었다. 풀숲에서 살아가는 고양이 사진을 찍거나 밥을 주는 모습도 가끔 보였다. 학교 부적응자이자 수학 마니아들 사이에서 투명 인간처럼 몇 달을 보내던 우현이 자신의 존재를 드러내게 된 건 우연한 계기였다.

2학기 중간고사 수학 시험 종료 직후였다. 답안지를 채점하고 있던 관식의 눈에 특이한 답이 들어왔다. 단답형 8번 문제의 정답 기재란에 '답이 없음'이라고 적혀 있었다. 전교에서 한 명. 답이 없다는 건 애초에 문제

제로의 추억

가 성립하지 않는다는 말, 즉 출제 오류라는 의미였다. 관식은 채점을 모두 끝낸 후 우현을 불렀다.

"그냥 궁금해서 그래. 왜 그렇게 썼는지."

우현은 당황한 표정으로 책상을 바라보더니 한참 만에 입을 열었다.

"조건을 만족하는 함수가… 없어서요."

"조건을 만족하는 함수가 없기 때문에 문제 자체가 성립하지 않는다는 뜻이니?"

우현은 작게 고개를 끄덕였다.

"설명해줄 수 있겠니? 왜 그런지 말이다."

우현은 두 개의 숫자를 서로 바꾸어 함숫값을 구해보았는데 그 값이 이상하다고 말했다. 관식이 실제로 변수 값을 서로 바꾸어 넣어보니 함숫값 하나가 문제의 성립 범위를 벗어났다. 함수가 되기 위한 최소한의 조건을 만족하지 않는 것이다. 수학 교사들은 긴급회의를 열었고, 관식의 설명에 모두가 탄식했다. 등급 구분용으로 만든 어려운 문제였기에 오류라는 게 밝혀지면 학생들로부터 엄청난 비난을 받게 될 터였다. 하지만 관식은 문제가 틀렸다는 것을 발견했음에도 불구하고 그냥 '답이 없음'이라고 쓴 제자가 기특하고도 고마웠다. 이것이야말로 진정한 제로 회원으로서 가져야 할 태도가 아닐까. 그 옛날 논문 발표장에서 공개적으로 논파되었던 기억이 다시 올라왔다. 우현이었다면 어떻게 말했을까. '논문의 결론을 만족하는 해는 존재하지 않습니다'라는 쪽지를 남기고 조용히 자리를 떠났을 것이다.

　　그날 이후 관식은 우현과 자주 대화를 나누었다. 그래봤자 동아리 수업이 있는 날이 전부였지만. 수업이 끝나고도 얘깃거리가 많아지니 동아리 아이들과도 대화가 늘어났다. 동아리 부장인 정소라와 또 다른 고양이 집사인 민이가 우현에게 관심을 보이기 시작했다. 민이는 교내에 서식하는 고양이 정보를 공유하며 사료를 함께 주기도 했고 동아리 수업이 끝나면 방에 남아 수학 문제를 가지고 토론하기도 했다. 우현은 책상 위에 펼쳐진 자신의 검정 노트를 쳐다보았고, 민이는 우현의 옆얼굴을 바라보았다. 방과 후 늦은 시간에 아무도 없는 교실 바닥에 누워 공상을 즐기는 소라 또한 통계학의 중요한 정리를 증명할 만큼 실력자였기에 우현에게서 어떤 영감을 받는 듯했다. 수학을 체계적으로 배운 적이 없는 우현은 관식의 지도에 힘입어 새로운 언어를 배워갔다.

제로의 추억

딸랑 소리가 나며 편의점 안으로 조그만 남자가 들어왔다. 키는 작지만 바지 아래쪽으로 드러난 다리 근육은 육상선수처럼 울퉁불퉁했으며, 갈색 가죽 재킷의 지퍼를 목까지 올려 답답해 보였다. 머리는 단정하고 짧았으며 얼굴은 앳되고 깨끗했다. 남자는 스스럼없이 안쪽으로 들어가더니 음료와 술이 진열된 냉장고 앞에서 한참 동안 서 있었다. 마침내 그는 마음을 정한 듯 냉장고 왼편 가판대에서 치즈와 삶은 달걀 두 개가 들어 있는 플라스틱 팩을 양쪽 손에 집은 채 계산대 앞으로 다가갔다.

"안녕?"

남자가 환하게 웃었다.

"요 앞에 고양이가 있던데, 네가 밥 주는 놈이냐?"

"어…."

우현의 목소리가 살짝 떨렸다.

"가는 곳마다 동물을 끌고 다닌다니까. 아니면 그놈들이 알아보고 나오는 건가? 하여튼 참 신기해요."

백태민은 깍지를 끼고는 추운 듯 두 손에 입김을 불었다.

"난 뭐… 그냥…."

그때 딸랑 소리와 함께 머리가 허연 여성이 편의

점 안으로 들어왔다. 백태민은 여성이 들어올 수 있게 문을 잡아주었다. 우현은 심장이 꽉 조이는 느낌이 들었다.

"계산 안 해줄 거야?"

백태민은 왼손을 브이 모양으로 만들어 턱을 천천히 쓰다듬었다. 우현은 계산대 아래에서 뭔가를 꺼냈다. 여성이 물건을 가지고 계산대로 오고 있었다.

"야, 괜히 내가 손님 쫓아버리는 것 같다. 들어가 봐. 다음에 시간 봐서 이야기 나누면 되지. 뭘."

"치즈랑 달걀은 그냥 가져가도 돼."

백태민은 웃으며 고개를 저었다.

"네가 점주가 되면 그렇게 할게. 하하."

계산을 마친 여성 손님이 나가자 우현은 편의점 밖으로 다시 나왔다. 백태민은 고개를 좌우로 돌리기도 하고 어깨를 위로 쭉 펴기도 하며 여유 있게 경사진 길을 내려가고 있었다. 도로까지 걸어간 백태민이 고개를 돌렸고, 왼편 건물 안에서 파란색 운동복을 입은 남성이 나타났다. 둘은 어깨동무를 한 채 싱글거리며 지하철역 쪽으로 함께 걸어갔다.

관리인으로 보이는 젊은 남자가 의자에 앉아 있었다. 서점이지만 책을 팔지 않는 이 서점의 주인은 수학이 취미라고 했다. 최소한 50년은 돼 보이는 진한 갈색의 목제 책장들을 가득 채우고 있는 수학 원서들은 처음 보는 학생들에게 위압감을 주기에 충분했다. 아이들은 감탄과 실망이 뒤섞인 표정을 지었다.

"한글로 된 책은 없는 거야? 온통 외국어뿐이네."

"야, 여기 미분이 나온다. 뭐야? 미분 기호가 두 개 붙어 있는데?"

소라는 미심쩍은 표정으로 고개를 갸우뚱하며 그 페이지를 휴대전화로 찍었다. 동아리 발표회에 쓸 사진일 것이다. 휴대전화 소음이 여기저기서 들렸지만 졸린 눈의 관리인은 모른 척하며 책에 눈을 박고 있었다. 민이는 두꺼운 책의 붉은색 표지를 유심히 들여다보고 있었다. 리처드 파인만의 물리 수학 시리즈였다. 파인만이라. 좋은 책이다.

"샘, 저희 이제 가도 돼요?"

민이와 소라의 목소리였다. 30분이 금방 지나갔다. 입구 쪽을 보니 아이들이 둥그런 모양으로 기다리고 있었다. 서점에 다른 손님은 없었다.

"모두 좋은 시간 보냈니? 오기 전에 말한 대로 외

부 활동 보고서는 A4 한 장 분량이다. 글자 크기는 10 포인트. 그림이나 사진은 뒷면에. 내일 점심시간까지 제출해. 1분이라도 지나면 안 받는다. 지하철역까지 가는 길은 다들 알지?"

아이들은 서점이 떠나갈 듯 큰 소리를 지른 후, 밖으로 나갔다. 그들은 넘치는 에너지를 발산하면서 좁은 골목을 총알처럼 뛰쳐나갈 것이다. 소심한 아이는 학원으로, 대담한 아이는 다른 어딘가로.

관식은 서점 구석에 앉아 노트를 펼쳐놓고 계산을 시작했다. 한 시간가량 지난 후 고개를 끄덕였다. 틀렸을 가능성을 마음 한구석에 품고 여유 있게 한 계산이라, 이제 심증은 확신에 가까워졌다.

관식은 백팩에서 분홍색 소형 노트북을 꺼냈다. 어젯밤에 파일에 담아놓은 국내 및 국제 학술지 논문들의 제목이 화면을 채웠다. 다 읽어볼 필요 없이 앞부분의 핵심 아이디어만 보면 된다. 관식은 깍지 낀 손가락에서 우두둑 소리를 냈다.

예상이 맞았다. 우현의 아이디어는 확실히 관식의 추측보다 중요했다. 아직 원리(principle)나 정리(theorem)라고까지는 할 수 없어도 소수 판별을 가능케 하는 완전히 새로운 방법이다. 현재까지 그 어떤 학술지에도 소

제로의 추억

개되지 않은 방법이었다. 관식은 자리에서 일어나 서점 안을 한 바퀴 빙 돌고 원래 위치로 와서 다시 노트를 폈다. 그림과 수식은 노트에 그대로 있었다.

박사 논문 심사장의 기억이 스멀스멀 올라왔다. 초겨울의 푸른 하늘. 복도를 가득 메운 황금빛 햇살. 관식의 논문은 역대급 쓰레기라는 공식 인증을 받았다. 발표 전 암호 해독의 전기를 마련한 논문이라고 호들갑을 떨던 사람들로부터. 관식은 끽소리도 못하고 자신의 무지와 무능력을 인정했고, 역대급 경박함이라는 처벌을 받아들였다.

관식은 자신의 실수가 무엇인지 확실히 알았다. 남들의 평가에 휘둘린 게 잘못이었다. 만약 우현의 아이디어를 반영한 논문을 다시 투고하면 어떻게 될까?

"오늘 야근 아니었어?"

아내는 어깨를 으쓱하면서 혀를 내밀었다.

"강사가 세 시간 전에 펑크를 내준 덕분에 담당자들 모두 조기 퇴근했지."

지역 주민들을 대상으로 한 도서관 문화 강좌 강사가 일정을 어기는 건 가끔 있는 일이다.

"사정이 있다고만 말하고 끊어버리더라고."

관식은 아내와 외식을 하기 위해 재킷을 도로 입으며 말했다.

"사정이 해결된 뒤에 그 사람 며칠 심하게 복통이라도 앓았으면 좋겠군."

아내가 큰 소리로 웃었다. 어쨌거나 이름 모를 펑크범 덕분에 아내와 보낼 시간이 늘어난 건 좋은 일이다.

"저기… 당신은 교사가 천직인 것 같아?"

동네에 새로 생긴 일식집은 사람들로 북적였다.

"글쎄. 천직이라는 게 꼭 따로 있나? 어떤 일을 열심히 하다 보면 기회가 생기고 … 그런데 그건 왜 물어?"

아내는 뾰로통한 얼굴을 한 채, 젓가락으로 고추냉이를 집어서 간장에 천천히 풀었다. 검은색 액체가 연푸른색으로 변해가며 간장과 고추냉이의 경계에 정규분포 곡선이 만들어지고 있었다. 이 작은 간장 그릇이 하나의 세계라면 우현은 확실히 아직 연푸른색으로 물들지 않은 가장자리의 검은색 어딘가에 위치하는 천재일 것이다. 그럼 나는? 난 어디에 있는 걸까? 짓밟혀 흔적도 없이 묻혀버린 논문을 되살릴 수 있을까?

논문의 첫 단계가 곧 완성될 것이다. 강제 종료되

제로의 추억

었던 학자로서의 삶. 마지막 단계까지 완성해서 발표하면…. 히죽거리는 관식을 아내는 어처구니가 없다는 표정을 지으면서 쳐다보았다.

"아주 천직인 거 같네. 그렇게 좋아하는 걸 보니 말이야."

"꼭 그런 건 아니고…."

"윤리 선생님 같은 소리 그만하고 초밥이나 드셔."

아내는 눈을 흘기며 관식의 입에 초밥 하나를 넣어주었다. 달콤하면서 짭짤한 맛이 혀를 타고 내려가다가 식도 어딘가에서 멈췄다. 윤리라는 단어에 관식의 심장이 반응했다. 제자의 도움으로 논문을 완성하는 건 비윤리적인 행위일까? 우현은 제자이지만 적어도 수학에 있어서는 동료라고 해야 맞다. 동료의 도움으로, 아니 동료와 함께…. 확실한 것은 관식이 문제를 제기했고 우현이 돌파구를 열었다는 사실이다. 그러니… 아니아니다. 내가 지금 무슨 생각을…. 나이 어린 제자를 질투라도 하는 건가. 나에게 우현의 재능이 있었다면…. 관식은 우현의 하얀 얼굴과 짧은 머리. 녹색 줄이 교차한 깨끗한 운동화를 떠올렸다. 한 번도 결석한 적이 없는 녀석이 동아리 수업이 있는 오늘 학교에 오지 않았다. 관식이 내준 과제를 푸느라 뇌에 보이지 않는 금이

간 걸까. 아니면 독감이라도 걸린 걸까? 관식은 휴대전화를 살짝 열었다가 닫았다. 지금은 아내와 함께하는 시간이다. 그러니 수학은 접어두자.

"아까 봤어?"

영어과 주임인 고요한이 기지개를 켜며 말했다.

"점심시간에 요 앞에 커피 사러 나갔다 들어오는데 학교에 경찰차가 들어오던데? 중앙현관에 주차하는 걸로 봐서 아마 행정실이나 교장실에 있을걸?"

교무실 안에 있던 사람들이 의아한 표정을 지었다.

"부장 회의에 학폭 건은 없었는데…."

1학년 부장이 말을 받았다. 학폭이 발생했다고 해도 경찰이 학교로 오지는 않는다. 필요하면 관련 학생이 경찰서로 간다. 학교에 뭔가 다른 일이 생긴 거다. 구석에서 노트북 화면을 들여다보고 있던 행정 지원사가 고개를 돌리더니 조심스럽게 말을 꺼냈다.

"며칠 전에도 왔어요. 밤 9시쯤에요. 도난 사건이 있었던 거 같아요. 행정실에서 신고했다고 하는데 저도 전해 들은 거라…."

교실에서 가끔 발생하는 절도 수준이 아니라 학교

제로의 추억

비품이나 교직원 개인 물품 도난 사건일 가능성이 크다. 천 명이 넘는 사람이 드나드는 곳이니 어떤 일이 일어나도 이상할 건 없다. 학교 여기저기에 방범 카메라가 있으니, 도둑이 외부인이라면 곧 잡힐 것이다. 하지만 만약 내부인이라면… 잡히더라도 당분간 시끄러울 것이다. 요즘은 예전 같지 않아서 문제가 생기면 쉬쉬하지 않고 곧바로 공식 절차를 밟는다. 잡스러운 세상사에 관심을 끊은 관식에게는 바람 소리보다도 가치 없는 일들이다. 관식은 동료들에게 눈인사하고는 동아리 방으로 향했다.

"어디 아팠니?"

문 바깥에 어설프게 서 있던 우현은 관식이 들어오라고 손짓을 하자 문을 닫으면서 들어왔다. 두 사람은 화이트보드 앞에서 수식과 그림을 보며 10분 정도 대화를 나누었다.

"요점은 네가 찾아낸 알고리즘으로 소인수의 하한선이 정해진다는 거야. 여기 이 식을 봐. 내가 좀 멋있게 정리했어도 아이디어는… 우현이, 네 거야."

말을 마친 관식은 심호흡했다. 몇 번을 연습했는데

31

막상 하고 나니 말할 수 없이 개운했다. 우현. 제자, 아니 동료 우현은 화려해 보이는 고등 언어로 정리된 자신의 아이디어를 당황스러운 표정으로 쳐다보았다.

"이론이 완성되면 인터넷 전자 상거래 시스템이 지금과 달라질 거야. 비번을 훨씬 빨리 찾아낼 수 있거든."

우현은 맨 아래쪽 귀퉁이의 네모 상자 안에 들어 있는 수식을 한참 동안 바라보더니 이윽고 입을 열었다.

"그건… 안 되지… 않을까요?"

목소리에 날이 서 있었다. 울음을 참는 거 같기도 했다. 관식이 웃으며 고개를 저었다.

"반대로 알고리즘을 개량하면 전혀 다른 암호 체계를 만들 수 있다는 뜻이기도 해. 해킹을 막을 수 있는 새로운 암호 말이다."

말을 마친 관식은 얇은 책을 제자에게 내밀었다. 영어로 된 수학 용어집이었다.

"회화보다는 기초 용어 중심으로 영어 공부를 조금 더 하는 게 좋겠어. 앞으로 쓸 일이 많을 거야."

책을 받아 든 우현은 잠시 웅얼거리고는 문을 열고 나갔다가 곧바로 다시 들어왔다.

"선생님. 저…."

제로의 추억

관식은 눈을 크게 뜨고 우현을 바라보았다. 우현은 한 손에 말아쥔 노트로 허벅지 바깥쪽을 툭툭 치며 선 자리에서 계속 몸을 움직였다. 관식은 기다리기로 했다. 우현은 관식의 눈을 피한 채, 몇 분 동안 방 안을 서성이다가 갑자기 꾸벅 인사를 하고는 쏜살같이 달려 나갔다.

역시 무리다. 반대편 부등식은 접근 방식이 완전히 다를뿐더러 추가로 필요한 전제도 있다. 안개가 자욱한 날 바로 코앞만 바라보며 조금씩 전진할 수밖에 없는 운전자처럼 답답한 마음이다. 손목시계를 보니 한 시간 이상 지나 있었다. 오늘은 여기까지. 관식은 노트를 닫아서 가방에 넣고 동아리 방을 나왔다. 그는 본관 1층 뒤쪽 둘레길로 향했다. 정문까지는 2, 3분이면 된다. 본관 건물에서 발산하는 옅은 오렌지색 불빛이 은은하게 주변을 감싸고 있었다. 낮과 밤이 이렇게나 다르다니. 학교는 참으로 특이한 공간이다. 관식은 밤의 기운으로부터 아이디어를 얻을 수 있지 않을까 생각하며 주차장 옆으로 난 길을 따라 풀숲 안으로 들어갔다.

아까 우현이가 왜 그렇게 가버렸을까. 뭔가 할 말이 있는 거 같던데…. 따라가서 확인해볼 걸 그랬다는 생각이 들었다. 고풍스러운 정보관 건물을 돌려고 하는데 어둠 속에서 동그란 빛 두 개가 눈에 들어왔다. 다가가도 불빛은 그 자리에 그대로 있었다. 카오스였다. 녀석 뒤쪽으로 말라버린 사료 봉지 하나가 뒹굴고 있었다. 관식이 다가가니 고양이는 어둠 속으로 사라졌다. 관식은 사료 봉지를 꺼내서 풀숲 안쪽에 놓아두고 정문 쪽으로 다시 걷기 시작했다. 모퉁이를 돌자마자 건물 입구 쪽 바닥에 누군가 누워 있는 게 보였다. 자세가 이상했다. 관식은 휴대전화를 꺼내면서 주변을 살폈다. 근처에 플라스틱 조각들이 어지러이 튀어 있었다. 학생 쉼터 지붕에서 떨어진 파편이었다. 누군가 건물 옥상에서 떨어져 쉼터 지붕에 부딪혔다가 바닥으로 떨어진 듯했다. 관식은 119로 전화하면서 누워 있는 사람에게 빠르게 다가갔다. 바닥에 누워 있는 사람은 우현이었다.

"정보관 옥상에는 교장 선생님 텃밭이 있어서 잠가 놓지 않아요. 수업 빼먹고 땡땡이치거나 점심시간에 올라가서 몰래 흡연하는 아이들이 가끔 있지만 이런 일은…."

우현의 담임인 황수연이 울먹였다. 경찰에 따르면

제로의 추억

우현은 정보관 건물 옥상에서 스스로 뛰어내렸다. 그들은 정보관 입구의 방범 카메라와 옥상의 흔적, 그리고 무엇보다도 이웃 아파트 주민의 목격 진술을 통해 이런 결론에 도달했다. 학교 담장 너머 아파트에 사는 주민이 우현이 추락하는 장면을 멀리서 목격했다고 했다. 그 시각에 학교 내에 있었던 사람은 정문 경비 한 명과 우현과 관식뿐이었으므로 목격자 증언이 없었다면 관식이 경찰 조사를 받을 수도 있는 상황이었다. 그나마 다행인 건 쉼터 지붕이 완충 역할을 해주어 우현이 목숨을 건졌다는 사실이다. 다만 의식불명 상태라 앞으로 지켜봐야 한다고 했다. 관식의 입에서 뜨거운 한숨이 나왔다.

"이틀 동안 우현이가 결석했던데 혹시 교실에서 무슨 일이 있었나요?"

관식의 물음에 황수연은 머뭇거리다가 결심한 듯 말을 꺼냈다.

"요즘 학교에 도난 사고가 있는 거… 혹시 아세요?"

황수연은 긴 머리칼을 뒤로 젖히고는 플라스틱 컵에 있는 물을 한 모금 마셨다.

"학생들 태블릿이 며칠 동안 연속적으로 없어졌어

요. 방과 후에 빈 교실을 돌면서 단체 보관함을 열어서 가져간 것 같은데 수십 대가 된다고 해요. 아이들이 보관함 비번을 쉬운 번호로 해놓으니까….”

“복도에 방범 카메라가 있잖아요?”

황수연의 티 하나 없는 새하얀 얼굴 위로 씁쓸한 표정이 올라왔다.

“태블릿이 없어진 교실들은 주로 복도 끝 쪽에 있었어요. 우리 반을 포함해서요. 카메라는 복도 중간쯤에 있잖아요. 복도 불이 전부 꺼진 상태에서 마스크까지 쓰고 있었으니까요.”

경찰이 해준 말일 것이다.

“경찰이 탐문하다가 들은 모양이에요. 우현이가 도난 사고가 난 날 밤에 빈 건물을 왔다 갔다 했다는 제보가 있었대요.”

황수연의 목소리가 갈라졌다.

“그런데 그다음 날 우현이가 결석한 거예요. 학생들 사이에 소문이 돈 것 같더라고요. 누군가 우현이에게 말해주지 않았을까 해요. 학교 오면 경찰이 기다리고 있을 거라고요.”

아무리 학교 일에 관심이 없다지만 이건 좀 너무하지 않나. 관식의 심장에서 분노와 부끄러움의 불길이 사정없이 일었다. 어젯밤에 우현이 보여준 알 수 없는 행동을 관식은 이제야 이해했다.

"혹시 제보자가 누군지…."

"그건 경찰이 알려주지 않아서 저도 몰라요. 제 생각엔… 아니, 아니에요."

황수연은 평소의 낮고 건조한 목소리로 돌아와 있었다.

오늘 오후쯤이면 1학년 남우현이 학교 물건 훔치다 걸려서 투신했다는 소문이 학교 전체에 퍼질 것이다. 아니 이미 다 퍼졌을지도 모른다. 열린 창문으로 바람이 들어왔다. 천장에 매달린 금속제 조형물들끼리 부딪히는 소리가 교사 휴게실의 공기를 흔들었다.

우현이 학교 물건을 훔쳤다. 그것도 며칠 동안에 걸쳐서…. 관식은 우현이 누워 있던 장소에 서서 주변을 둘러보았다. 범죄가 아니라고 판단했는지 폴리스 라인은 쳐져 있지 않았다. 주변에 흩어져 있던 파편은 보이지 않았으나 쉼터는 파손된 상태 그대로 방치되어 있었다. 건물 위로 올라가 보기로 했다. 사건 이후에 옥상 문을 잠가서 행정실에 가서 열쇠를 받아야 했다. 텃밭 주변에 있는 작은 화분 두 개가 넘어진 채 방치되어 있었다. 관식은 옥상 중앙에서 주변 아파트 쪽을 바라보았다. 옥상 전체가 아파트 한 동에 그대로 노출되어 있어 우연히 상황을 목격했다는 주민의 말은 타당성이 있어 보였다. 관식은 쉼터가 내려다보이는 자리에 서서 아래를 보았다가 곧바로 고개를 돌렸다.

중환자실은 출입 불가였다. 관식은 복도 끝에 있는 자판기에서 커피를 뽑아 주황색 플라스틱 의자에 앉았다. 지하철을 타고 병원으로 오는 내내 생각했던 의문에 대한 답을 내려야 했다.

투신 위치에서 아래쪽을 직접 내려다본 관식은 우현이 자살을 결심했으리라는 확신이 들었다. 경찰의 조사를 받을 거라는 사실을 알게 된 우현은 관식에게 자신의 잘못을 고백하고 조언을 구하려 했을 것이다. 하지만 관식은 아이가 고백을 포기하도록 방치했다. 수학 문제에 정신이 팔려서. 어젯밤에 아이를 붙잡아야 했다. 무슨 일이냐고 물어봤어야 했다. 식은 커피가 시커먼 속으로 흘러 들어갔다.

병실 문이 열리며 작은 가방을 든 여성이 걸어 나왔

제로의 추억

다. 관식은 일어나서 여성 앞으로 다가갔다.

"그랬군요."

연지숙의 목소리는 차분했다. 관식은 무릎을 꿇고 싶은 심정을 억누르며 말했다.

"아이를 붙잡고 물어봐야 했는데… 죄송합니다."

얼굴이 굳어진 연지숙은 잠시 고민하는가 싶더니 작은 갈색 가방에서 휴대전화를 꺼냈다.

"어제 경찰에게 인계받아 집으로 가는데 전화를 받았어요. 편의점 점장이라고 하더군요. 왜 안 오느냐고요. 우현이가 제게 말도 하지 않고 아르바이트를 한 거 같아요."

"…"

"용돈은 넉넉히 주고 있었어요. 필요한 게 있다면 뭐든 살 수 있을 만큼요. 저 몰래 돈을 벌 이유도, 학교 물건을 훔칠 이유도 없어요."

연지숙은 절제된 표정으로 단어를 골라가며 말했다. 이렇게 자세히 이야기하는 이유는 아들이 동아리 선생님을 존경하고 따랐다는 것을 알고 있었기 때문이라고 했다. 우현은 학교를 옮기고 특히 동아리 활동을 하면서부터 눈에 띄게 밝아졌다고 한다. 관식은 우현의 학교생활과 탁월한 수학 실력에 대해 상세히 설명했다. 연지숙은 소리 없는 한숨을 쉬며 관식의 이야기를 듣고 있었다. 이야기 끝에 관식이 물었다.

"혹시 우현이가 이전에 경찰 관계자와 대화를 한 적이 있나요?"

우현은 전학한 초기에는 어려움이 있었으나 이내 잘 적응했다. 발표도 잘하고 교우 관계도 원만했다. 수학 실력으로 주변 친구들의 인정을 받고 있었다. 우현이 절도 사건과 무관하다면 경찰 조사를 받을 것이라는 사실만으로 자살을 시도한다는 것은 이해하기 힘들다. 모친의 말대로 우현이 범인이 아니라면 경찰과 관련된 다른 무엇이 있지 않을까. 연지숙이 일어서며 말했다.

"자리를 옮기시죠. 선생님."

영업이 끝난 동물병원 안은 고요했다. 중앙에 있는 접수처 좌우로 대기실과 상담실 팻말이 있었다. 오른편에는 수술실이나 치료가 끝난 동물들을 보호하는 방이 보였다. 대기실 왼편에는 사료를 포함한 간식과 음수대 등 관련 상품들이 체계적으로 진열되어 있었는데, 우현이가 학교 고양이에게 먹이던 습식 사료 포장지도 보였다. 전체적으로 안정감을 주는 분위기였다. 관식은 고양이에 대한 우현의 관심이 수의사인 어머니에게 영향을 받은 것일 수 있겠다는 생각이 들었다. 두 사람은 중앙에 있는 둥근 탁자를 사이에 두고 소파 양쪽에 앉았다.

"우현의 전학 사유에 대해 아시는 바가 있으세요?"

관식은 곧바로 대답했다.

"아뇨. 모릅니다."

연지숙은 고개를 끄덕이고는 말을 이었다.

"지금 드리는 말씀은 아인고등학교 관계자 중 아는 사람이 많지 않을 거예요. 없을지도 모르고요. 요즘은 개인 정보가 어느 정도 보호되니까요."

관식은 말없이 연지숙의 눈을 바라보았다.

"아이는 전학 가는 걸 두려워했어요. 하지만 선택의 여지가 없었죠."

"강제 전학이었군요."

연지숙의 목소리가 가라앉았다.

"시내 한복판에 있는 무인점포였는데… 지나가다가 벌레를 봐도 옆으로 비켜서는 아이가 남의 물건을 훔치다니. 경찰서에서 방범 카메라를 보기 전까지는 믿지 않았습니다."

점포주들과 합의하고 형사처벌을 면했지만 학교의 처벌은 피할 수 없었을 것이다.

"정서적 어려움을 겪은 시기가 있었지만 우현이가 그런 행동을 한 적은 단 한 번도 없었어요."

관식은 자신이 지금 어려움에 처한 학부모를 상담하는 건지 괴롭히는 건지 알 수 없었다. 눈앞의 여인에게 도움을 주고 싶은 마음과 우현을 이용하려고 했던 자신에 대한 부끄러움이 뒤섞여 들끓고 있었다. 관식은 일어서서 대기실 문 옆에 있는 정수기로 다가가 종이컵에 커피 두 잔을 타서 가지고 왔다.

"정서적인 어려움이라면… 우현이가 학교에서 무슨 안 좋은 일이라도 겪었나요?"

따뜻한 커피 때문이었을까. 연지숙의 눈이 촉촉해지며 이야기를 시작했다.

우현에게는 일란성 쌍둥이 형이 있었다. 평범하던 가족의 삶은 우현이 중학교 2학년이던 봄에 끝났다. 자전거를 타다가 생긴 사고였다.

"손 놓고 타기 시합을 했대요. 한 손을 놓고 타다가 두 손 모두 놓는 거죠. 아이들이 할 수 있는 놀이잖아요. 찻길도 아니었고요. 우현이가 팔짱을 낀 채 자전거를 타는 걸 보고 우진이도 따라 하다가… 자전거 앞바퀴가 꺾이며 중심을 잃고 고꾸라졌어요. 그냥 조금 다치고 말 정도의 충격이었다고 하는데… 그날 운이 없

제로의 추억

었나 봐요. 아이가."

형의 죽음에 죄책감을 느낀 우현은 그날부터 다른 아이가 되었다. 학교는 갔으나 공부는 하지 않았고 밥을 먹지 않고 버티기도 했다. 아이와 아버지의 갈등이 심각해졌다. 급기야 남편 입에서 별거 이야기까지 나오자 연지숙은 남편과 헤어질 결심을 했다. 그게 우현을 위하는 길이라고 생각했다.

야단치는 사람이 없어지자, 우현의 테두리는 더욱더 좁아졌다. 학교에서 돌아오면 방에 틀어박혀 온라인 게임 속으로 빠져들어갔다. 어머니는 아이가 그나마 학교에 다닌다는 사실에 만족해야 했다. 고등학교에 입학한 후 1학기가 끝날 때까지도 큰 문제는 없었다. 여름 방학이 기점이었다. 우현은 점점 집에 늦게 들어오기 시작했다. 어울려 노는 친구가 생긴 것을 나쁘게만 볼 것도 아니라고 생각한 연지숙은 용돈을 올려주면서 나가서 즐겁게 놀라고 말했다.

"온라인 게임에서 알게 된 친구였는데 우현이보다 두세 살 많다고 들었어요."

연지숙은 입이 마른 듯 종이컵을 들고 홀짝였다. 온라인 게임이 오프라인으로 이어지는 경우는 흔하다.

"우현이가 무인점포 절도를 저질렀을 때, 제가 좀

심하게 야단쳤어요. 그랬더니… 그 형도 다른 가게 털다가 잡혔다고 하더군요. 걔는 성인이라 형사처벌을 받았을 거예요."

머릿속에 조금씩 그려지던 그림이 형체를 드러내고 있었다. 관식이 종이컵을 들었다가 다시 놓을 때, 휴대전화가 울렸다. 관식은 눈빛으로 양해를 구한 뒤, 자리에서 일어나 입구 쪽으로 자리를 옮겼다.

"황 선생님, 말씀하세요."

"조금 전에 교감 선생님한테 연락받았는데요. 절도범이 잡혔대요."

황수연은 숨을 몰아쉬는 것 같더니 곧바로 관식의 귀가 울릴 정도로 큰 소리로 말했다.

"경비실에서 근무하던 경비래요. 아시죠? 젊은 경비원요."

관식은 전화기를 귀에 댄 채로 소파에 앉아 있는 연지숙 쪽을 바라보고는 다시 고개를 돌렸다.

"경찰이 방범 카메라를 분석해서 잡았다는데 이렇게 할 거면 애초에 왜 우현이를 의심했는지 모르겠어요."

관식은 작고 날렵한 몸집에 진한 파란색 점퍼를 입고 도서관 옆 나무를 가지치기하던 스포츠머리를 떠올렸다.

"그래도 빨리 잡아서 다행입니다. 제가 아까 병원에 다녀왔는데요. 우현이도 곧 회복될 거니까 너무 염려하지 마세요."

전화기 건너편에서 훌쩍이는 소리가 들렸다. 그래, 회복될 것이다. 회복되어야 한다. 관식은 머릿속에 또다시 선명하게 그려지는 부등식을 흔들어 날리며 연지숙 쪽으로 다가갔다.

관식은 오전 수업을 마친 후 생수병에 냉수를 담아 본관 건물을 나왔다. 11월의 청명한 하늘이 뿌려준 햇빛이 보기 좋게 조경한 자작나무 잎의 붉은빛에 반사되어 둘레길을 가득 채우고 있었다. 관식은 걸음을 옮기면서 냉수를 한 모금 들이켰다.

조사를 받던 경비가 어젯밤에 자백했고 주거지에서 증거도 나왔다고 한다. 사건 성격상 학교 내부인이 틀림없으니 아무 의심 없이 학교 건물을 드나들 수 있는 경비는 애초부터 용의자군에 포함되어 있었을 가능성이 크다. 경비는 몇 차례 늦은 밤 학교 순찰 중에 정문 쪽으로 걸어가는 우현과 인사를 나누었을지도 모른다. 혹시… 우현을 제보한 사람이 혹시 경비가 아닐까? 혹시라도 자신에게 향할 수 있는 의심의 화살을 돌리기 위해서 말이다. 교내 소식통인 2학년 부장에 따르면 경비는 이전 근무하던 학교에서도 불미스러운 일로 해고되었는데, 아인고등학교에 별문제 없이 채용된 것은 행정실에 근무하는 누군가의 추천 때문이었다고 한다. 어쨌건 도난 사건은 확실히 해결되었다. 하지만 새로운 의문이 생겼다. 우현이 방과 후에 아무에게도 알리지 않고 편의점에서 일한 이유가 뭘까. 그리고 도난 사건의 범인이 아닌데도 왜 옥상에서 투신했을까?

두 사람은 건널목 신호등이 바뀌자 걷기 시작했다. 가죽 점퍼 차림의 백태민이 걸으면서 손가락 사이에 끼고 있던 담배꽁초를 자연스럽게 바닥에 떨어트렸고 조금 뒤에서 걷고 있던 강영인이 담배꽁초를 밟아서 비틀었다. 두 사람은 프랜차이즈 햄버거 가게로 들어갔다.

"어떡할 거야?"

"어떡할 거야?"

입술을 씰룩거리며 강영인이 한 말을 그대로 따라한 백태민은 감자칩을 한 주먹 집어 입안에 털어 넣었

　　　　　　　　　　　　　제로의 추억

다. 가죽 점퍼에 묻을까 봐 케첩은 바르지 않았다.

"찾을 수 있을 거야. 뭐 학교나 집에 한 번은 갈 테니까. 안 그래?"

쩝쩝거리던 백태민이 눈을 가늘게 떴다.

"뭐야? 왜 그래?"

"가만있어봐. 이 새끼야."

강영인은 어깨를 으쓱하고는 햄버거를 집었다가 플라스틱 쟁반에 던지듯이 내려 놓았다. 백태민은 입맛을 다시며 휴대전화를 뚫어지게 쳐다봤다. 강영인은 슬그머니 일어서서 백태민의 어깨 뒤쪽으로 가서 전화기 화면을 쳐다보았다.

"어라?"

한 고등학교에서 절도 사건이 있었는데 학교 경비가 범인이었으며, 같은 학교 학생이 투신해서 의식불명 상태라는 기사였다. 기사에는 학교 이름을 밝히지 않았으나 행정 구역과 함께 로고를 애매하게 가린 교문 사진이 실려 있었다.

"이거 그 자식 학교잖아. 아인고등학교, 맞지?"

강영인이 백태민을 보며 뭔가 떠오른 표정으로 말했다.

"이봐. 혹시…."

백태민은 화면을 쳐다보며 머릿속으로 시간을 맞춰 보았다. 기사 속 학생이 투신한 다음 날 남우현은 편의점에 나오지 않았다. 만일 이놈이라면… 의식불명… 그래 잘된 건지 모른다. 어쨌건 당분간은 숨어 있는 게 상책이다. 백태민이 혓바닥을 날름거리며 말했다.

"일단… 알아보자."

"알아봐서 그놈이 맞으면? 맞으면 어떡할 거야? 어떡할…."

백태민은 순식간에 플라스틱 포크를 집어 강영인의 입에 넣었다. 강영인의 눈이 튀어나올 듯 부풀었지만, 백태민은 포크를 끝까지 밀어 넣었다가 한 번 비튼 다음 곧바로 뺐다. 포크에 뭔가가 묻어나왔다. 강영인은 탁자에 머리를 박고 캑캑거렸다. 백태민은 물티슈를 던져주며 말했다.

"마저 먹어야지?"

입 주변을 깨끗이 닦은 강영인은 주변을 조심스럽게 둘러본 후 포크를 집어서 벌건 피가 묻어 있는 고기 조각을 삼켰다.

학교 분위기가 뒤숭숭했다. 동아리 발표회는 일주

일 후 금요일 오전에 간소하게 하기로 했다. 우현이 없어서 원래 계획은 취소해야 했으나 대신 수학 도서전과 퀴즈를 만들기로 했다. 동아리 부장인 소라가 지난번에 견학했던 수학 전문서점에서 책을 일부 빌려오기로 했다. 나이 든 서점 주인이 자신을 발표회에 초대해달라는 조건을 걸었는데 소라가 지도교사인 관식의 허락도 받지 않고 냉큼 수락해버린 것이다. 동아리 부장으로서 훌륭한 판단력이다. 관식이 거절할 리가 없으니까.

동아리 방으로 돌아온 관식은 문을 잠근 후 화이트보드 앞으로 다가갔다. 수식이 가득한 화이트보드를 뒤집은 관식은 자신의 손가락보다도 긴 푸른색 마커를 집어들었다.

1. 우현은 과거에 무인점포 절도를 저질러 처벌을 받은 적이 있다.
2. 우현은 전학 온 직후부터 아무에게도 알리지 않고 편의점에서 아르바이트를 했다. 연지숙은 우현이 통장에 모아둔 돈도 없으며 특별히 누군가를 위해 쓴 흔적도 없다고 말했다.
3. 우현은 태블릿 절도 사건의 범인이 아니다.

1, 2, 3에서 도출되는 합리적 사실 내지는 가설:

우현의 투신은 태블릿 절도 사건과 무관하다(범인이 아니므로). 또한 어머니의 진술로부터 추정할 수 있는 것은 우현이 자신의 흑역사를 알게 된(또는 이미 알고 있는) 누군가로부터 절도 전과를 알리겠다는 협박과 함께 금전을 갈취당하고 있었을 가능성이다. 학교 홈페이지나 지역 정보 사이트에 익명으로 글 하나 올리는 건 쉬운 일이다. 이 가설이 맞다면 우현이 의식을 회복하더라도 상납 강요는 다시 이어질 것이다.

가설과 정리. 그 사이를 연결하는 증명…. 관식은 지금 고등 수학 문제를 풀고 있는 듯한 착각이 들었다. 노크 소리가 들렸다. 관식은 반사적으로 화이트보드를 원래대로 돌렸다.

"소라구나. 무슨 일이니?"

짧은 커트 머리와 새하얀 피부의 조합이 주는 독특한 중성적 이미지. 주변 학교까지 소문이 자자할 정도로 수학을 잘하고 긴 팔다리로 남학생들을 압도하는 달리기 실력까지 갖춘 정소라는 남학생들보다도 여학생 팬이 많았다. 소라는 한 손에 노트를 든 채, 맥없는 표정으

로 서 있었다. 며칠 전에 우현에게서 보았던 그 표정이
었다.

"들어와서 이야기하자."

소라는 움직이지 않았다. 만약 이 아이가 문을 열
고 달리면 따라잡기 어렵다.

"선생님, 제가 말했어요. 제가 우현이한테 말했어
요."

소라는 흐느끼기 시작했다.

깔끔한 슈트를 차려입은 두 명의 경찰이 학교를 찾
아온 건 수업이 모두 끝난 저녁 시간이었다. 경찰들은
생활안전부 기기 담당 교사와 학년 주임을 만나 진술을
들었고, 그다음에는 경비의 진술을 들었다. 경비에게 방
범 카메라에 대해 묻던 중 수상한 학생의 이야기를 듣
게 되었다.

"우리 교실이었어요. 본관 1층 복도 끝이요. 거기서
사람들이 들어와서 경찰들과 이야기했는데… 선생님들
은 함께 들어왔고 그 경비 아저씨는 나중에 혼자 들어
왔던 거 같아요. 이야기가 끝난 후 방범 카메라 확인한
다면서 다 함께 나갔고요."

정소라는 그날 교실 창가 쪽 바닥에 엎드려서 도서관에서 빌려온 문고판 만화책을 읽고 있었다. 그때 사람들의 이야기를 우연히 듣게 되었고, 경비가 말하는 수상한 학생이 우현이라는 것을 알았다. 소라는 눈물과 콧물이 범벅이 된 채 말했다.

"다음 날 낮에 우현이한테 경찰이 찾고 있는 거 같다고 말했어요. 무슨 일인지는 나도 모르겠다고 하면서…."

동아리 발표회에서 전에 없던 활력을 보이며 수도꼭지에서 쏟아지는 물처럼 아이디어를 내던 소라의 얼굴 뒷면에는 자기 때문에 친구가 죽을지 모른다는 끔찍한 자각 속에 놓인 비참한 자아가 계속 증식하고 있었던 걸까. 관식은 뒷주머니에 있던 손수건을 꺼내서 아이에게 내밀었다. 수학 천재 타이틀도, 친하게 지내던 민이도 모두 우현에게 뺏겼다고 생각했을 것이다. 관식이 소라의 질투심을 이해할 수 있었던 이유는, 자신이 우현에게 느끼고 있던 감정이기도 했기 때문이다. 관식은 자신을 질책하지 않을 수 없었다. 말없이 소라의 어깨를 두드리는 관식의 머릿속에서 추론의 발자국이 다시 그려지고 있었다.

우현은 경찰이 찾아올 거라고 생각한 직후 결석했

다. 조사를 받는다고 해서 경찰이 이전에 있었던 무인점포 절도 사실을 학교에 공개할 일은 없다. 협박과 갈취 때문이라면 경찰 조사를 두려워할 이유가 더더욱 없다. 태블릿 절도 사건과 무관한 우현이 경찰을 피한 이유가 뭘까. 혹시 관식이 모르는 다른 사건과 관련된 건 아닐까. 만약 그렇다면 우현이 갈취를 당한 일과 자살 시도는 별개일 수 있다. 관식은 화이트보드에 쓴 기록을 지웠다. 가설이 나왔으니 검증할 차례다.

연지숙은 담담한 얼굴로 관식을 맞이했다. 작은 화분에 담긴 화초들이 거실 여기저기에 사려 깊게 진열되어 있었다. 두 사람은 창가 테이블에서 짧게 대화를 나눈 후, 곧바로 우현의 방으로 갔다.

평범한 고등학생의 방. 커다란 원목 책상 위에는 플라스틱 컵과 소형 연필깎이, 종이 몇 장이 자연스럽게 흐트러져 있었고 창가 쪽에 놓인 침대는 금방 이불 속으로 들어가고 싶을 만큼 편안하고 깨끗하게 정리되어 있었다. 세 단으로 된 철제 책장은 책상과 직각을 이루고 있었는데 각종 참고서와 영어 어휘집, 동물 관련 책들 그리고 스프링노트 몇 권이 꽂혀 있었다. 책장 맨 위

구석에는 투명한 병의 로션 하나와 손잡이가 달린 회색 빗이 있었다. 어느 것 하나 특별하지 않은, 평범한 방이었다.

"노트들 좀 살펴보겠습니다."

연지숙은 고개를 끄덕이고는 방을 나갔다. 일기장 같은 건 아마도 우현 어머니가 이미 찾아보았을 것이다. 관식은 책장에 있는 스프링노트를 모두 꺼내서 책상 위로 가지런히 옮긴 다음, 의자에 앉았다.

찾고 있는 기록은 나오지 않았으나 관식의 눈에 보이는 건 알아보기 힘든 그림들과 그 주변에 간략히 적힌 수식들이었다. 페이지를 넘기는 관식의 손이 점점 느려졌다. 네 번째 노트는 개중 제일 얇았는데 하나의 입체를 다른 관점에서 바라본 수십 개의 그림이 순차적으로 그려져 있었다. 오랜 시간 고민해온 듯한 문제….

마지막 그림 아래쪽 끄트머리에 부등식 하나가 적혀 있었다. 관식이 쓴 논문의 귀결. 증명되어야 할 나머지 부등식이었다. 물음표가 있는 걸로 봐서 증명을 완성하지는 못한 듯했다. 관식은 이 방에 들어온 목적을 까맣게 잊은 채, 노트의 앞부분으로 돌아가서 그림들을 다시 찬찬히 보기 시작했다.

핵심 아이디어는 분해 후 재결합이었다. 입체를 분

해한 후 다른 방식으로 결합함으로써 표면적이 달라지더라도 부피는 변하지 않는 입체를 만들어낼 수 있다는 아이디어. 우현은 이 아이디어로 부등식의 상한선을 획기적으로 좁혀놓았다.

노트를 옆으로 밀어둔 관식은 나머지 기록을 빠른 속도로 넘겨보았다. 찾고 있던 건 보이지 않았다. 소리 나지 않게 책상 서랍을 열어보았지만 뜯지 않은 고양이 습식 사료 봉지 몇 개만 보였다. 자리에서 일어선 관식은 참고서를 꺼내서 열었다. 집에 들어온 이상 끝장을 봐야 한다.

연지숙에게 인사하고 나온 관식은 지하철역 근처 프랜차이즈 카페로 들어갔다. 아이스 음료를 주문하고 좁은 의자에 몸을 구겨 넣듯이 앉았다. 한숨과 함께 복잡한 감정이 회오리쳤다. 우현의 물건 어디에도, 어느 페이지 한 귀퉁이에도 관식이 놓친 '고백'의 단서는 보이지 않았다. 알려지지 않은 별개의 사건은 없었던 걸까? 하지만 무인점포 절도에 관한 이야기 또한 어디에도 없는 걸 보면 그렇게 판단하는 건 섣부르다. 관식은 우현의 노트에서 본 그림을 영수증 뒷면에 다시 그려보았다. 분해 후 재결합의 아이디어로 증명의 마지막 한 걸음을 완성할 수 있을 거라는 확신이 들었다. 만약 우현이가 이대로 깨어나지 못한다면⋯. 황당한 생각이 스멀스멀 올라왔다. 음료 픽업을 알리는 진동 벨이 울렸다. 관식은 머리를 흔들며 동그란 벨을 집어들었다. 빌어먹을 놈. 주관식, 넌 정말로 구제 불능이다.

사람들이 드나들며 내는 소음과 옆에서 적당히 떠드는 소리는 오히려 집중력을 높인다. 관식은 단순한 아이디어에 담긴 힘에 도취한 자신을 발견했다. 문제의 부등식을 증명하지 못한다고 해도 이 자체로 다른 이론에 접합될 수 있는 훌륭한 아이디어라고 생각했다. 정수론의 미해결 문제가 얼마나 많은가? 어쩌면 관식이 제기한 문제의 범위를 넘어서는 이론이 탄생할지도 모른다. 언뜻 어떤 생각이 스쳤다.

우현이 무인점포를 털 때, 함께 어울리던 사람이 있었다고 했다. 연지숙의 진술에 따르면 그 역시 유사한 절도 범죄로 체포되었다. 생각해보면 이상하다. 매일 어울려 다니던 그들은 왜 따로 절도를 저질렀을까. 그것도 유사한 범죄를 말이다. 훔친 물건은 보잘것없는 것들이었다. 혹시 절도를 저지를 만한 다른 이유가 있었던 게 아닐까. 그것도 따로따로 말이다. 생각이 생각을 타고 요동치다가 한 곳에서 멈췄다.

'지난 6개월. 서울. 강력 사건. 남성 2인조 이상.'

제로의 추억

관식은 키워드를 입력하면서 저도 모르게 헛웃음이 나왔다. 그렇지만 그의 가슴은 미지의 세계를 앞둔 탐험가처럼 세차게 박동하고 있었다.

복수의 범인이 연루된 사건은 여러 건 있었다. 관식은 범인 검거가 확인되지 않은 강력 사건 세 건을 추렸다. 지난 6월에 있었던 서울 강남구 빌라 강도살인 사건과 7월에 있었던 은평구 금은방 강도 사건과 도봉구 노래방 강도 사건이었다. 언론에 드러나지 않은 사건이 더 있을 수 있으므로 관식의 검색은 그야말로 한강에서 바늘 찾기였다. 언론사를 넘나들며 몇 시간을 검색하는 동안 관식은 지인인 경찰에게 전화하고 싶은 충동을 끊임없이 눌렀다.

노래방 사건의 범인들은 잡히지 않았으나 사건 직후 신원이 특정되어 경찰이 쫓고 있는 것으로 확인되었다. 빌라 사건 피해자인 집주인은 사망했고, 금은방 사건의 피해자인 주인은 중상을 입었다. 경찰은 빌라 사건 범인을 최소 2인조 이상으로, 금은방 사건은 확실히 2인조로 보고 있었다. 빌라 사건 수사는 최근에 진전이 있었다. 경찰이 목격자를 찾았고 범인 중 한 명을 찾아 추적 중이라고 했다. 금은방 사건의 피해자는 범인들과 격투 중에 중상을 입었다고 나와 있었다. 관식은 고개를 갸우뚱했다. 이 정도 명확한 사건을 경찰이 해결하지 못한 게 이상했기 때문이다. 방범 카메라 천국인 대한민국에서 말이다. 자세한 건 모르지만 방범 카메라가 하필 그날 고장 났거나 현장에 출동했던 수사관이 증거를 놓쳤거나 그렇게 꼬인 경우일 것이다. 어쨌거나 두 사건 중 금은방 사건의 범인들이 먼저 검거될 가능성이 커 보였다. 범인이 금은방 주인과 격투를 했다면 현장에 DNA 같은 증거를 남겼을 테니 말이다.

TV 뉴스에서나 접하던 이런 범죄에 정말 우현이 연루되었을까? 어쩌면 우현의 투신은 쌍둥이 형의 죽음 이후 누적된 스트레스가 여러 조건과 합쳐져 충동적으로 분출된 결과가 아닐까? 휴대전화를 닮은 관식은 남은 음료를 한입에 털어 넣었다. 카페 안은 여전히 시끄러웠다.

동아리 발표회는 성황리에 끝났다. 민이가 만든 변형 타로카드 점과 소라의 수학 퀴즈 아이디어 덕분에 제로 부스를 방문한 학생의 수는 관식과 동아리의 기대치를 훨씬 웃돌았다. 내년에도 동아리가 유지될 가능성이 커졌다. 발표회가 종료되자 학생과 교사 모두 기말고사 준비 모드로 돌입했다. 파손되었던 학생 쉼터는 깨끗하게 수리되었으며 우현이 투신했던 정보관 건물 앞 바닥의 흔적도 이동수업을 들으러 움직이는 학생들의 발걸음으로 지워지고 있었다.

"선생님."

관식이 고개를 돌리자 민이와 소라가 어색하게 서 있었다. 교무행정사까지 모두 퇴근한 빈 교무실에는 한 줄기 남은 석양의 꼬투리가 창밖으로 조금씩 사라지는 중이었다.

"어제 우현이 보고 왔어요."

관식이 만년필을 놓으며 말했다.

"둘이 함께 갔다 왔니?"

소라가 작은 소리로 '네' 하고 대답했다. 아빠 미소가 나올 타이밍이었으나 관식의 얼굴은 굳어 있었다.

"민이에게도 말했어요. 제가 그날 우현이한테 한 이야기요."

"…음."

"상태가 조금씩 좋아지고 있대요. 뇌 산소 공급만 잘 유지하면 회복할 거라고 했어요. 우현이 어머니한테 도…."

민이가 끼어들었다.

"소라가 어머니한테 말하려고 해서 제가 말렸어요. 우현이 곧 회복할 거니까. 우현이한테 직접 말하라고. 지금 말하면 우현이에게 좋지 않은 기운이 갈 수도 있다고요."

소라는 누구보다도 간절히 우현의 회복을 바랄 것이다. 이대로 사과할 기회를 잃는다면 소라는 평생 자신을 용서하지 못할지도 모른다.

"너희들이 이렇게 애쓰는데… 다 잘될 거야."

관식은 수학 하나만을 희망으로 삼아 하루하루를 버텼던 아이의 삶을 이해하지도, 제대로 이끌지도 못했던 자신이 부끄러웠다.

정확히 한 달 후 우현이 깨어났다. 의사는 기적이라고 하면서도 무의식중에도 회복하려는 본인의 의지가 컸을 거라고 말했다. 그럴 것이다. 그래야 한다.

우현은 집으로 돌아왔으나 담당 의사는 다시 학교에 다니려면 조금 더 회복해야 한다고 했다. 심리적 상처 때문일 것이다. 동아리 아이들과 학급 아이들 그리고 담임선생님이 다녀갔고 함께 찍은 사진들이 단체 대화방에 스티커를 단 채 올라왔다. 사진 속 우현의 어색

제로의 추억

한 미소는 예전 그대로였다.

가로등 불빛이 생각보다 밝아서 고즈넉한 느낌은 덜했다. 늦은 밤이라 공원에는 두 사람 말고는 보이지 않았다.

"새 파카가 잘 어울리는구나."

우현은 대답하지 않았다. 두 사람은 나무 의자에 앉은 채 말없이 입구 쪽을 바라보았다.

멀리서 누군가가 전동 킥보드를 끌고 입구로 들어오고 있었다. 앞치마를 두른 것 같은 복장의 남성은 킥보드를 입구 옆에 비스듬하게 세웠다. 인근 주민인 듯했다. 남성은 킥보드 옆에 서서 담배를 피우기 시작했다. 풀숲 쪽에서 뭔가가 남성 근처로 다가오고 있었다. 고양이였다. 남성이 쪼그리고 앉아서 고양이 쪽으로 휘파람 소리를 냈다. 잠시 멈칫한 고양이는 남성 쪽으로 조금씩 다가갔다. 새끼를 밴 듯 배가 바닥에 거의 닿았다. 남성이 웃으며 입에서 담배를 뺐다. 우현의 숨소리가 커졌다. 관식이 우현에게 눈짓했다. '조금 더 지켜보자.' 담배를 바닥에 비벼 끈 남성은 안주머니에서 뭔가를 꺼내 머리에 쓰고는 자리를 떠났다. 긴 요리사 모자였다.

관식과 우현의 입에서 동시에 안도의 한숨이 나왔다. 우현이 일어서서 고양이 쪽으로 조심스럽게 다가갔다. 녀석 옆에 봉지 간식을 놓고 멀찍이서 지켜보았다. 녀석은 우현을 한 번 쳐다보고는 봉지를 입에 물고 느릿느릿 수풀 안으로 사라졌다. 힘겨워 보이지만 단호한 발걸음. 운이 좋은 녀석이다. 우현은 잠시 녀석이 사라진 수풀을 바라보다가 몸을 돌렸다.

"용서받지 못할 실수는 없단다."

우현이 관식의 눈을 바라보았다.

"진정으로 반성한다면 말이다."

관식 자신에게 하는 말이기도 했다. 우현의 눈길이 밑으로 내려갔다.

"제가… 무슨 짓을 했는지 아시면…."

"혹시 사람을 다치게 한 일이니?"

우현이 고개를 들었다.

"자신의 목숨을 저버리고 싶을 만큼 누군가를 다치게 했다면 넌 이미 사죄를 시작한 거야. 그러니 나를 믿고 모두 이야기해주렴."

우현은 관식을 마주하고 선 채, 그날의 일을 말하기 시작했다.

장난으로 해보는 거라고 했다. 좋지 않은 일이라는

생각이 들었으나 친절하고 유쾌한 형이라서 가자는 대
로 따랐다. 좁은 건물에서 복면을 쓰는 순간, 뭔가 잘못
됐다고 생각하면서도 이미 돌이킬 수 없는 상황이었다.
아는 형은 금은방의 유리문에 수건 같은 것을 붙인 후,
조그만 돌을 부수는 것처럼 조심스럽게 망치질했다. 이
윽고 유리가 통째로 떨어져나가자, 문을 열고 안으로
진입했다. 복도에 혼자 서 있던 우현도 따라 들어갔다.

"그 형이 한 번 와봤던 가게라고 했어요."

그런데 예상치 못한 문제가 발생했다. 영세한 가게
안 쪽방에서 주인이 잠을 자고 있었다. 진열대 유리가
깨지는 소리에 주인이 밖으로 나왔고, 그때부터 고함과
몸싸움이 시작되었다. 형이 몇 번 주먹을 날렸으나 주인
은 완강했다. 우현은 달려들지도 도망치지도 못한 채,
멍하니 서 있었다.

"뒤엉켜 바닥을 뒹굴다가… 형이 먼저 일어나서 밖
으로 나갔어요. 저도 바로 따라 나가려고 했는데…."

주인이 나가려고 몸을 돌린 우현의 다리를 잡았다.
우현이 넘어졌고 두 발을 정신없이 휘둘러 겨우 몸을 빼
냈다. 건물을 빠져나와 골목으로 돌아온 두 사람은 당
분간 연락하지 않기로 하고 헤어졌다. 훔친 물건은 형이
가져갔다.

집 근처에 와서야 통증이 느껴졌다. 바지를 걷어보니 발목 위쪽 살점이 떨어져나가 있었다. 주인이 할퀸 자국이었다. 그제야 검은색 바지 위아래에 무늬처럼 묻어 있는 게 핏자국임을 알았다. 우현은 왼쪽 바짓단을 걷어 올려 관식에게 발목을 보여주었다.

이 정도 상처가 남았으면 주인의 손톱 아래에 우현의 생체 조직이 남았을 것이다.

우현은 뉴스를 통해 형이 금은방 주인을 찔렀으며 다행히 주인이 사망하지는 않았다는 사실을 알았다. 한 달쯤 지난 후 연락이 왔다. 아무래도 이벤트가 필요할 것 같다는 이야기였다.

"사소한, 아주 사소한 사건 하나씩 하는 거야."

남성 2인조 강도 사건을 조사하던 경찰은 고교생이 포함된 단독 무인점포 절도 사건을 눈여겨보지 않았다. 각각 절도 사건으로 처벌을 받음으로써 두 사람은 강도 사건 용의자 목록에서 제외되었다.

"그 후로 형이라는 사람과는 연락했니?"

우현은 고개를 젓더니 이전과는 확연히 다른 표정을 지었다.

"전학 오고 나서 며칠 후 학교 앞에서 만났어요. 지나가다가 봤다고 했는데 전학한 학교를 일부러 찾아온 거 같았어요."

편의점 아르바이트를 시작한 시기와 겹쳤다.

"사실 조금 전에도 문자가 왔어요. 나오라고."

함께 범죄를 저질러 혹시 있을지 모를 위험을 분담하고, 나중에 그걸 빌미로 돈을 뜯어내는 게 그 형이라는 사람이 살아가는 방식이었다.

"사과하고 싶구나."

"…"

"그날 네 이야기를 들어주지 못해서 미안하다. 논문 생각하느라 네 얼굴을 제대로 보지 못했어. 아니 쳐다보지 않았어. 날 믿고 찾아왔는데 실망시켰던 거야."

관식은 일어서서 우현의 어깨를 잡았다.

"어머님이나 선생님, 주변의 아는 사람들은 생각하지 말고 오직 스스로를 믿고 행동하자꾸나."

이윽고 우현이 고개를 들었다. 떨리면서도 굳건한 목소리였다.

"자수할게요."

관식은 빙긋 웃었다. 아이도 웃음을 훔쳤다. 두 사람은 몸을 돌려 나란히 걷기 시작했다. 주변은 어두웠으나 두 사람의 내면에는 은은한 불빛이 켜지고 있었다. 20여 년 전 논문 발표장이 하나의 세트가 되어 슬로모

션처럼 관식을 지나가고 있었다. '수학은 옆에서 훌쩍이고 있는 이 아이의 몫이지 나의 몫이 아니다.' 공원 입구의 반원형 장식이 눈에 들어왔다. 낡은 나무판에 예쁘게 쓰인 작은 글귀였다.

매일매일 새로운 시작. 오늘도 좋은 하루 보내세요.
공원 운영 시간: 오전 6시~오후 11시

제자와 스승은 같은 방향을 바라보며 한참 동안 서 있었다.

연노란색 종이에 눌러쓴 연필 글씨에서 힘이 느껴졌다. 관식의 입에서 소리 없는 감탄사가 나왔다. 우현은 증명의 마지막 문턱을 넘었다.

"이 방법은 앞으로 여러 영역에 쓰일 것 같다."

우현은 쑥스러운 표정을 지었다. 몇 가지 아이디어가 더 있지만 아직은 말하지 않으려는 얼굴이었다. 쾡하지만 편안한 표정.

"헤이. 며칠 못 봤더니 그새 더 핸섬해졌는데?"

소라가 옆에서 놀렸다.

제로의 추억

"어허 그런 농담은 못써. 이 안에 오래 있으란 말 같잖아."

민이가 노인 목소리를 내며 관식의 손에 있던 노트를 살며시 가져갔다. 3학년 아이 하나가 민이 쪽으로 다가갔다. 둘은 거북목으로 노트를 들여다보았다. 소라와 또 다른 아이가 우현에게 동아리 발표회 사진을 보여주며 시시콜콜 설명하기 시작했다. 민이가 직접 깎은 조그만 목공 인형을 선물로 주었다. 다음번 만남에서 저 목공품이 어떤 물건으로 바뀌어 있을지 궁금했다.

"고마워, 다들."

우현이 아쉬운 표정으로 말했다.

"빨리 돌아오지 않으면 우리 동아리 없어지는 거 알지? 그니까…."

매년 없어질 것을 걱정하는 유일한 동아리.

"없어져도 된다."

모두가 관식을 돌아보았다. 관식이 싱긋 웃었다.

"새로 만들면 되니까."

언제 사라질지 모르는 불안한 삶이지만 새롭게 시작할 수 있는 용기만 있다면 삶은 생각지 못한 방향으로 날 이끌어줄 거다. 제로처럼.

나의 작은 천사

동대입구역에서 자리가 나는 건 흔한 일이 아니다. 관식은 가방을 앞으로 돌리면서 기적적으로 생긴 빈 좌석에 앉았다. 문 쪽으로 나가는 출근길 천사에게 감사하며 말이다. 이제 30분 동안 부족한 잠을 보충하며 편안히 가면 된다. 휴대전화를 가방에 넣으려는데 왼쪽 위의 붉은색 체크 표시가 눈에 들어왔다. 아침 출근 시간대에 누구지? 관식은 별일이라고 생각하며 휴대전화를 열었다. 7시 18분과 32분에 부재중 수신. 번호를 눌렀다. 아내는 두 번 울리기도 전에 전화를 받았고 관식은 하품하며 말했다.

"전화했네?"

떨리는 목소리가 귓속을 파고들었다.

"호두가 없어."

"어디 숨어 있겠지. 잘 찾아봐. 걔가 어딜 가겠어?"

"없어! 집 안 어디에도 없어. 내가 다 뒤졌어."

"아까 거실 바닥에 누워 있는 걸 보고 나왔는데 무슨 소리야?"

"중문 열고 나갈 때, 분명히 있었어? 잘 생각해봐."

"매일 아침마다 보는 고양이를 내가 헷갈릴 리가 없…."

"나갈 때, 집 안에서 호두 확실히 본 거 맞아?"

　　　　　　　　　　　　나의 작은 천사

관식은 아내보다 한 시간가량 일찍 출근한다. 중문을 열고 나갈 때면 녀석은 보통 아내가 있던 소파나 캣타워 위에 앉아 아침 햇살을 즐기곤 한다. 아내는 욕실에서 샤워하고 관식은 중문을 열고 호두는 식후 휴식을 취하고…. 그런데 오늘 아침에 조그만 균열이 생겼다. 관식이 운동화를 신고 현관문 고리를 잡는 순간, 지갑을 두고 온 게 생각났기 때문이다. 표준 절차는 이렇다. 신발을 벗은 다음, 중문을 열고 거실로 들어가면서 다시 중문을 닫는다. 작은 방에서 지갑을 가지고 나오면서 다시 중문을 여닫은 다음, 신발을 신고 현관문을 열고 나가면 된다. 이 모든 절차는 호기심 많은 고양이 호두가 중문 근처에 가지 못하게 하려는 조치다. '어휴 귀찮아.' 5초 정도 고민한 관식은 왼쪽 신발만 벗은 채, 깽깽이걸음으로 최대한 빨리 작은 방으로 들어가 쏜살같이 책상 위에 있는 지갑을 챙긴 후 돌아와 한쪽 신발을 마저 신은 후, 중문을 닫고 현관문을 열고 나왔다. 모든 것이 10초 안에 이루어졌다. 관식의 이야기를 들은 아내가 물었다.

"그러니까 중문을 안 닫고 방에 들어갔다 나왔단 거네?"

"그래봐야 몇 초야."

그 시간에 호두가 열린 중문으로 쏜살같이 나와서 신발장 아래 틈 같은 데 숨어 있다가 현관문을 여는 순간, 집 밖으로 나왔다고? 말도 안 돼. 하지만 몇 초 동안 중문을 열어둔 채로 방에 갔다는 관식의 이야기는 아내에게 청천벽력 같은 소식이었다.

"지난번에 베란다 문 열고 호두가 언제 들어갔는지도 모르게 들어가서 구석에 웅크리고 있었던 거 기억 안 나? 호두는 고양이야. 3, 4초면 얼마든지 나갈 수 있단 말이야."

"그건 새끼일 때 이야기고, 지금은 다 큰 성묘잖아. 당신 말대로 호두가 그 순간 중문을 나왔다고 해도 중문과 현관문 사이 한 평도 안 되는 직사각형 공간에서 내 눈에 안 보이게 숨어 있을 수는 없어. 걱정하지 마. 집 안에 숨어 있을 거야."

"집 안에는 없다니까!"

아내는 꼼꼼한 사람이다. 관식이 설거지하다가 흘린 물 한 방울까지도 확실히 뒷정리하는 사람이다. 그런 아내가 크지도 않은 집 안을 30분이 넘도록 이 잡듯이 살펴보았다면⋯. 호두는 지금 집 안에 없다고 보는 게 맞다. 아니 없다.

"베란다 쪽도 살펴봤지?"

"안방 침대 밑, 싱크대 아래쪽, 베란다, 전부 다 봤어. 없어. 아무 데도 없어."

머릿속에 그림이 그려졌다. 아내는 출근 준비를 하다 말고 새빨개진 얼굴로 호두를 부르면서 집 안 곳곳을 뒤지다가 결국 관식에게 전화를 걸었던 거다. 아침에 중문을 열어놓은 적이 있는지 물었고, 관식은 설마 하며 확인을 요구하는 아내에게 원하지 않았던 대답을 했고. 결자해지. 관식은 결심했다.

"일단 집으로 갈게. 당신은 아파트 복도를 좀 살펴봐."

"지금 5층 복도야."

전화를 끊고 자리에서 일어섰다. 관식은 목적지를 두 정거장 앞두고 지하철에서 내렸다. 반대쪽 플랫폼으로 이동하면서 학교 교감에게 전화를 걸었다. 집에 급한 일이 있어서 마무리 짓고 오전 안으로 출근하겠다고 했다. 교감은 흔쾌히 그러라고 하며 전화를 끊었다. 교무부장은 전화를 받지 않아 문자를 보냈다. 한 시간 있는 오전 수업을 오후로 옮겨달라고. 반대편 플랫폼은 한산했다. 열차가 조용히 멈췄고, 관식은 그지없이 평화로워 보이는 얼굴들 속에 묻혀 객차 안으로 들어갔다. 집까지 40분. 끔찍하게 긴 시간이다. 빈자리에 앉는 순간,

구토가 밀려왔다.

이해가 안 가는 부분은 세 가지다.

1. 호두가 그 짧은 시간에 정말 중문을 나왔을까?
2. 설사 그랬다고 한들 눈에 띄지 않고 중문과 현관문 사이 공간에 숨어 있는 게 가능할까?
3. 1과 2가 가능하다고 해도 현관문을 열고 나가는 관식이 눈치채지 못하게 집 밖으로 따라 나올 수 있을까?

셋 중에 그나마 가장 가능성이 있는 것은 1번이다. 4, 5초 동안 고양이가 반쯤 열린 문을 통해서 빈 곳으로 이동하는 건 얼마든지 가능하니까. 그래, 좋다. 그랬다고 가정하자. 관식 몰래 중문과 현관문 사이 공간으로 나온 호두가 숨어 있을 곳은 두 군데다. 오른편 벽에 붙어 있는 신발장 아래와 현관문에 있는 캐리어 뒤쪽. 우선 신발장 아래쪽에는 신발들이 죽 놓여 있어서 숨는다고 해도 눈에 안 보일 리가 없다. 고양이가 아무리 유연하다고 해도 말이다. 도저히 불가능…. 조금 전에 아내가 한 말이 떠올랐다. 저녁 시간이었다. 호두와 놀아주기 위해 장난감을 가지러 베란다에 나갔다가 돌

나의 작은 천사

아왔는데 호두가 보이지 않았다. 거실과 방을 몇 분 동안 찾아다니다 혹시나 하는 마음에 베란다 문을 열어보니 녀석이 안쪽 구석에 쭈그리고 있었다. 관식이 전혀 인지하지 못한 사이에 녀석은 그를 따라 베란다로 들어왔고, 관식은 녀석이 옆에 있는 줄도 모른 채 장난감을 꺼내서 돌아 나오며 문을 닫았다. 그렇다면 오늘 아침에도 지갑을 가지러 간다고 정신없이 서두르느라 바닥을 제대로 살피지 못했던 걸까? 둔한 인간과 민첩한 동물의 감각 차이가 만들어낸 출근 시간의 해프닝일까?

그래, 좋다. 호두는 관식이 지갑을 가지러 방에 들어간 사이에 열려 있는 중문으로 나와서 숨어 있었고, 그는 늦어진 출근 시간에 서두르느라 녀석을 보지 못하고 현관문을 열었다고 하자. 이제 문을 열고 밖으로 나간다. 그때 호두가 관식 바로 뒤에 따라붙어 성공적으로 문밖으로 나온다. 관식은 현관문을 닫고 곧바로 엘리베이터 쪽으로 간다. 호기심에 밖으로 나온 1년차 고양이는 다시 집으로 들어갈 수 없다. 문이 닫혀버렸기 때문이다. 녀석은 복도 바닥을 쿵쿵거리며 집에서 조금씩 멀어진다. 한참 시간이 지나서야 아내가 욕실에서 나온다. 고양이를 부른다. 물론 대답은 없다.

관식은 주먹을 꼭 쥔 채 자리에서 일어섰다.

호두는 지난 9개월 동안 단 한 번도 외부에 호기심을 보인 적이 없는 녀석이었다. 택배 상자를 집 안으로 들이느라 중문을 열어놓았을 때도 문 근처에 얼씬도 하지 않았다. 호기심보다 겁이 더 많은 녀석. 밥 다 먹고 배부른 아침 시간에는 침대에 널브러져 있거나 캣타워에서 햇살을 받으며 여유로운 아침을 맞이하는 집고양이. 한 번도, 단 한 번도 집 밖으로 나가려 시도한 적이 없는, 겁 많은 녀석이 왜 오늘 아침에 우연히 생긴 몇 초의 기회를 놓치지 않고 집 밖으로 나갔을까. 아니 나가야 했을까.

휴대전화가 울렸다.

"여보세요?"

"5층에서 1층까지 다 찾아봤는데… 안 보여."

아내 목소리가 낯설게 느껴졌다.

"집에서 나올 때, 호두가 좋아하는 닭고기를 거실 한가운데 밥그릇에 놓고 나왔어. 10분 정도 바깥에 있다가 들어가 봤는데…."

아내는 슬기롭다. 행여 생각지 못한 곳에 숨어 있을지도 모르니 집에서 나오면서 호두가 가장 좋아하는 간식을 잘 보이는 곳에 놓아둔 것이다. 시간이 어느 정도 지난 후 집에 들어갔을 때 간식을 조금이라도 건드린 흔적이 있다면 녀석이 집 안에 있다는 증거이니 서두르지 않고 천천히 찾으면 된다. 다시 문을 열고 집 안으로 들어서는 그 마음이 오죽했을까. 하지만 혹시나 하는 기대와는 달리 닭고기는 처음에 놓아둔 상태 그대로였다. 무너지는 가슴. 하얘지는 머릿속.

"다른 곳은 내가 찾아볼게. 20분 안에 도착하니까 걱정하지 말고 아파트 입구에 내려와 있어."

관식은 전화를 끊은 후, 인터넷 포털에 접속했다. '고양이 탐정'이라고 키워드를 치니 파워링크가 대여섯 개 나타났다. 가장 위쪽 링크로 들어갔다. 이름과 활동 내역 그리고 전화번호가 떴다. 주저 없이 번호를 눌렀다. 대여섯 번 신호가 갔지만 받지 않았다. 전화를 끊고 다른 링크로 들어가려는 순간, 전화기가 몸부림을 쳤다.

"여보세요."

"안녕하세요. 조금 전에 전화하셨죠?"

"고양이 탐정이시죠? 인터넷에서 보고 연락드렸습니다."

"예. 맞습니다."

관식은 아내와의 대화 내용을 바탕으로 상황을 최대한 상세하게 설명한 다음 덧붙였다.

"고양이를 찾아주십시오."

공식 의뢰였다. 탐정은 집 위치와 거주 형태를 물었다.

"서울이고요. 은평구 불광동입니다. 지하철역에서 도보로 10분 거리에 있는 복도식 아파트예요."

"알겠습니다. 실은 제가 새벽에 퇴근했거든요. 자다가 전화를 받은 거라서 바로 나가기는 어렵습니다."

밤새도록 고양이를 찾아다녔다는 건가.

"우선…."

탐정은 지친 목소리로 말했다.

"고양이는 영역 동물이라 멀리 가지 않습니다. 집에서 오랫동안 적응되어 있다면 아마 근처에 있을 겁니다. 복도식 아파트라면 거주하시는 층에서 아래위로 5층 범위의 복도를 꼼꼼히 살펴보시는 게 좋습니다."

거기까지는 관식도 다 아는 내용이라 살짝 짜증이 났다.

"그리고 이건 어디까지나 통계적인 건데요."

지하철이 지상으로 나왔다. 피로에 찌든 탐정의 목소리가 갑자기 환하게 들렸다.

"이런 일이 생기면 집사님 중 한 분은 조금 더 동요하는 편입니다. 고양이를 찾아야 한다는 마음에 여기저기 재빨리 살피는 거죠."

나의 작은 천사

틀렸다. 아내와 관식의 마음은 막상막하다. 둘 중에 누가 더 멘붕일 수는 없다.

"그래서 다른 집사님이 찾아본 곳을 한 번 더 살펴보시는 게 좋습니다."

아내가 실수로 놓친 부분을 발견하느니 자신이 도착하기 전에 아내로부터 '호두 찾았어' 라는 문자를 받을 가능성이 크다고 관식은 생각했다.

"알겠습니다. 일단 다시 살펴본 다음 찾지 못하면 연락드릴게요. 그때는 와주세요."

"예. 알겠습니다."

관식이 고양이 탐정에게 전화한 이유는 두 가지다. 하나는 당연히 호두 실종 사건을 의뢰하기 위해서이고, 또 하나는 아내의 정서 안정을 위해서다. 외부 전문가인 고양이 탐정에게 의뢰했고 그가 곧 올 거라는 소식만으로도 아내는 희망을 품고 조금은 안정된 상태에서 기다릴 수 있을 것이다. 통화를 끝낸 관식은 아내에게 전화를 걸었다. 아내는 바로 받았다.

"어디야?"

"안국역이야. 조금만 기다려. 아파트 입구에 나와 있어?"

"응. 그런데…."

가라앉은 목소리가 심상찮다.

"왜 그래?"

"비가 와."

"?"

"지금 비가 온다고."

갑자기 비라니….

"많이 와?"

"그럴 거 같아. 어쨌든 빨리 와."

상황이 최악으로 치닫고 있었다.

"고양이 탐정에게 전화했어. 일단 의뢰는 했는데, 오는 데 시간이 걸리나 봐. 찾아보고 있으면 올 거야. 너무 걱정하지 마. 꼭 찾을 거니까."

"탐정에게 연락했다고?"

"인터넷 포털에 전화번호가 등록되어 있더라고. 집에서 자란 고양이는 절대로 근처를 벗어나지 않는대. 아파트 건물 안에 있을 거니까 꼼꼼하게 살펴보라고."

아내는 잠시 생각하는 것 같았다.

"호두는 집에서만 자란 아이가 아니잖아."

물론 호두가 집에서 태어난 건 아니다. 하지만 집에서 지낸 시간이 훨씬 길다. 아내는 9개월 동안 그렇게 애지중지하며 보살핀 호두가 집을 나갔다는 사실에 서운

나의 작은 천사

함마저 느낀 것 같았다. 고양이에게 서운함을 느낀다니.

"그 녀석은 겁이 많잖아. 분명히 근처에 있을 거야."

관식은 전화를 끊고 잠시 생각했다. 그래. 15층부터 1층까지, 아니 지하실까지 샅샅이 뒤지면 분명히 어느 구석에서 끙끙거리며 나올 거야. 분명히… 꼭… 있어야 해. 호두 이 녀석아.

녀석을 집에 들이게 된 건 우연이었다. 여름이 한창이던 7월의 어느 날 아침이었다. 바쁜 출근길에 뭔가가 눈에 들어왔다. 아파트 단지 후문 근처 구석 풀밭에 누워 있던 새끼 고양이 한 마리였다. 흰 바탕에 갈색 무늬. 파리한 얼굴. 누군가 놓고 간 사료도 먹지 않은 채 좁고 더러운 풀밭에서 몸을 둥글게 만 채 자고 있었다. 관식은 그런 모습이 안쓰러워 출근해서도 한동안 눈에 밟혔다. 그날 저녁 퇴근길에 본 녀석은 아침에 본 모습 그대로였다. 녀석은 다음 날도 똑같은 모습으로 종일 누워 있었다. 3일째 아침, 녀석이 보이지 않았다. 느닷없이 나타났다가 홀연히 사라진 작은 고양이. 아내는 아무래도 잘못된 거 같다며 울먹였다. 이빨이 다 자라지 못한

새끼 고양이 앞에 습식 사료를 놓아둔 이름 모를 사람
도 같은 생각이었으리라.

반전은 다음 날 아침에 눈앞에 나타났다. 고양이가
멀쩡하게 나타난 것이다. 누워 있었지만 자고 있지는 않
았다. 관식은 녀석을 카메라에 담아 곧 출근할 아내에
게 보냈다.

아파트 단지 안에서만도 매년 수많은 고양이가 태
어나고 두세 달 동안 어미를 따라다니다가 어느 날 갑
자기 혼자가 된다. 비실거리며 돌아다니던 새끼 고양이
는 개에게 공격을 받거나 큰 고양이에게 물려서, 혹은
상한 음식을 먹고, 혹은 장맛비에 젖은 채로 지저분한
풀숲이나 건물 구석 같은 사람의 눈에 잘 띄지 않는 곳
에서 짧은 생을 마감한다. 이제 곧 장마가 시작된다. 녀
석이 계속 버틸 수 있을까? 아마 어려울 것이다. 달리
어쩌겠는가.

그날은 토요일이었다. 관식은 오랜만에 동네 카페
에서 수학 논문을 읽으며 시간을 보내다 집으로 발걸
음을 옮겼다. 두 시간 전 아파트 후문 쪽 골목으로 내
려올 때, 풀숲에 고양이가 없었기 때문에 심적인 부담
은 크지 않았다. 차라리 눈에 보이지 않는 게 적어도 마
음은 안 아프다. 후문 입구 방향으로 몇 걸음 옮기는

나의 작은 천사

데 못 보던 광경이 보였다. 오른쪽 벽에 주차된 자동차 옆, 지저분한 땅바닥 구석에 아까 보이지 않았던 고양이가 주저앉아 있고 그 2, 3미터 앞에 케이지가 놓여 있었다. 케이지 안에는 고양이를 유인하는 먹이가 있을 것이다. 그리고 케이지 뒤쪽으로, 사람들이 지나다니는 길에 두 사람이 틈을 두고 서 있었다. 야구 모자를 쓴 여자와 짧은 바지 차림의 남자였는데, 부부로 보였다. 낯모르는 젊은 부부가 고양이 구조를 시도하고 있었다.

놀람과 동시에 안도감이 혈액을 타고 관식의 몸 전체로 빠른 속도로 퍼져나갔다. 저 고양이가 지금 구조된다면 죽지 않을 것이다. 녀석은 형용하기도 힘든 지저분한 몰골로 바닥에 눕듯이 앉아 앞에 놓인 케이지 쪽을 바라보고 있었다. 마트에서 장을 보고 집에 돌아가는 것으로 보이는 60대 아주머니가 고양이를 보고 소리를 지르자 짧은 바지 남자는 단호한 표정으로 제지했다. 여기서 시끄럽게 말 시키면 아픈 고양이가 달아날수 있으니 가던 길 빨리 가시라는 이야기였겠지. 다행히 아주머니는 다른 손으로 장바구니를 옮겨 잡고는 위쪽으로 사라졌다.

관식은 좁은 길 건너편에서 조용히 상황을 지켜보았다. 고양이는 졸린 눈으로 앞을 바라보고 있었다. 일어나려면 시간이 걸릴 듯했다. 관식은 고양이를 안쓰럽게 여겼을 뿐 구조할 생각은 하지 못했다. 훌륭한 사람들이다. 부디 성공하기를. 후문 쪽으로 발걸음을 옮기려던 관식의 머릿속에 어떤 생각이 떠올랐다.

관식이 아내와 함께 동네 길고양이들에게 밥을 줘온 지도 1년이 넘었다. 조카가 데려온 아비시니안에서 시작된 관식 부부의 고양이에 대한 불가항력적 무한책임은 어느덧 단지 내 모든 고양이에게로 확대되고 있었다. 그렇게 동네 고양이들에게 밥과 물을 주고 주변을 정리하던 관식과 아내는 어느 시점부터 우리 고양이가 있으면 좋겠다는 생각을 자연스레 하게 되었다. 글쎄 인연이 있으면 만나겠지. 어쩌면 지금이 그때인지도 모른다. 누가 말하지 않았던가. 필연과 우연의 차이는 그 순간에 알아채느냐, 한참 지나서야 깨닫느냐일 뿐이라고. 관식은 아내에게 전화했다.

"동네 주민 부부가 새끼 고양이를 구조하고 있어."

"그래?"

아내의 목소리는 밝았다.

"혹시 구조해서 분양할 생각이 있으면 우리에게 연락해달라고 할까? 어때?"

갑작스러운 제안이었지만 아내는 놀라지 않았다.

구조라는 단어를 듣는 순간부터 그 생각을 한 게 분명했다.

"그래. 나쁘지 않을 거 같아."

관식은 전화를 끊고 짧은 바지 남자에게 다가갔다. 고양이는 풀숲의 쓰레기와 먼지를 온몸에 뒤집어쓴 채로 사료 쪽을 뚫어지게 바라보고 있었다.

"여기 아파트 주민인데요. 혹시 저 녀석을 구조한 다음에는 어떻게 하실 생각인지."

짧은 바지는 몇 초 동안 관식을 쳐다보더니 조용히 입을 열었다.

"임시 보호하다 적당한 분에게 입양할 생각입니다."

관식은 목소리를 깔았다.

"혹시 마땅한 입양자가 없다면 저한테 연락해주세요. 괜찮으시면… 제 전화번호 드릴까요?"

짧은 바지는 놀란 표정을 짓더니 곧 뒷주머니에서 전화기를 꺼냈다. 집으로 돌아온 관식은 15분쯤 지난 후 휴대전화를 열었다.

"아까 전화번호 알려드린 사람입니다. 어떻게 됐는지 궁금해서요."

"방금 구조했습니다. 집으로 가는 중이에요."

어린 생명이 비참한 상황에서 탈출했다! 관식은 그제야 마음을 놓으며 아내에게 문자로 소식을 알렸다.

구조자, 아니 고양이 보호자에게서 전화가 온 건 그로부터 한 달이 지난 토요일 아침이었다. 보호자는 새끼 고양이가 건강을 많이 회복했으며 자신들과 같은 아파트 단지에 거주하는 관식 부부가 데려가면 좋겠다는 메시지와 함께 상당히 많은 사진과 몇 개의 동영상을 카톡으로 보내왔다. 풀밭에서 본 모습과는 다른, 너무나 안쓰럽고 귀여운 얼굴. 두 사람은 그날부터 고양이를 맞을 준비에 들어갔다. 고양이 이름도 오래전에 이미 정해놓은 터였다. 그로부터 일주일 후인 토요일 오후 2시, 호두는 관식의 집 작은 방 한가운데 놓인 케이지에서 조용히 빠져나와 벽 앞에 놓인 간편 옷걸이 뒤로 숨었다.

흩뿌리는 비를 맞으며 후문 입구를 통과했다. 지금부터는 서두르면 안 된다. 아파트 풀밭 어딘가에 호두가 숨어 있을 수 있기 때문이다. 관식은 양옆으로 눈을 굴려가며 집으로 신속하게 걸어갔다. 아파트 앞 풀숲과 테니스장 근처, 자동차 아래쪽까지, 시야가 닿는 모든 곳을 살피며 뛰어갔다. 널 이렇게 잃을 순 없어. 어쩌면 비가 오는 게 나쁜 조건이 아닐 수도 있다고 생각했다. 호두가 밖으로 나왔다면 비를 피할 수 있는 곳에 숨었을 것이기 때문이다.

아내가 눈에 들어왔다. 손에 비닐봉지를 들고 있었다. 가까이 가서 보니 호두 사료였다.

"경비 아저씨에게 부탁드렸어. 흰 바탕에 갈색 무늬 고양이 보면 알려달라고."

관식은 고개를 끄덕였다.

"당신은 여기 있어. 내가 15층부터 천천히 살펴보고 올게."

현관문을 열고 들어가면서 호두를 불렀다. 현관문을 닫은 후 중문을 열었다. 집 안은 조용했다. 두 시간 전에 관식이 문을 열고 출근한 그곳이 지금은 낯선 공간처럼 느껴졌다. 현기증이 났다. 아내는 이 공간을 울면서 뒤졌을 것이다. 사료 그릇이 거실 중간에 놓여 있었다. 가방을 내려놓고 다시 한번 호두를 불러보았다. 정수기 앞으로 가서 물을 한 잔 마셨다. 정말 호두가 중문을 나갔을까? 도저히 믿어지지 않았다.

관식은 호두를 부르면서 집 안 곳곳을 뒤지기 시작했다. 호두의 흔적은 어디에서도 느껴지지 않았다. 관식은 울고 싶은 마음을 억누르며 15층으로 올라가 T 자 모양의 복도 앞에 서서 호흡을 가다듬었다. 호두가 계단을 통해 낑낑거리며 여기까지 올라왔을까? 관식은 복도에 가재도구를 놓아둔, 엘리베이터에서 가장 먼 집으로 천천히 걸음을 옮겼다. 15층을 다 본 후 14층, 13층 그리고 12층까지 내려왔다. 12층 복도에는 특히 상자와 짐이 많았다. 관식은 속삭이듯 호두를 부르며 상자를 열어보고 유모차 시트를 들추었다. 주인이 보았다면 항의할 만한 일이지만 개의치 않았다. 유모차 시트 들춘 비용을 달라면 얼마든지 줄 것이다. 아니 유모차를 기꺼이 새로 사줄 것이다. 호두를 찾을 수만 있다면 말이다. 하지만 그 많은 상자와 짐들 속에도 호두는 없었다. 관식은 11층으로 내려왔다. 이어서 10층, 9층, 복도에 큰 종이 상자가 두 개나 있어 관식을 설레게 했던 8층, 그리고 7층에도 호두는 보이지 않았다. 관식이 6층으로 내려오는데 아내에게서 전화가 왔다.

"…안 보이지?"

"위층에는 없는 것 같아. 호두가 힘들게 올라갔을 리 없잖아. 아래쪽 어딘가에 있을 거야."

하지만 아래층은 아내가 이미 살펴보지 않았던가. 호두와 아내가 아파트 복도에서 숨바꼭질했을 수도 있

나의 작은 천사

을까? 정신 차리자. 관식은 몸을 바깥으로 돌려 아래쪽을 내려다봤다. 아내가 팔짱을 끼고 서서 앞을 바라보고 있었다. 머릿속에 새 한 마리가 날아 들어와 휘젓고 다니고 있는 표정. 관식은 아내를 이해할 수 있었다. 같은 마음이니까. 관식은 결심했다. 오늘 밤을 새우더라도, 아니 내일, 모레, 글피, 기타 등등의 밤을 새워서라도 호두를 찾을 것이다. 꼭, 반드시. 기필코. 이제 다섯 층밖에 남지 않았다.

5층 복도에는 상자나 짐이 거의 나와 있지 않아 둘러보는 데 1분도 걸리지 않았다. 4층으로 내려가기 전에 집에 다시 한번 들어가 보고 싶었다. 아내가 거실에 놓아둔 간식이 그대로인지도 확인해야겠다고 생각했다.

관식은 현관문과 중문을 차례로 열면서 호두를 불렀다. 신발을 벗고 거실로 갔다. 간식은 아까 본 그대로였다. 사기 그릇에 정수기 물을 가득 따랐다. 이제부터 긴 싸움이 될 것이다. 물을 단숨에 들이켜고 그릇을 선반에 내려놓을 때, 이상한 게 보였다. 정수기 입구 옆의 엷은 무늬. 아내가 형광등을 끄고 나갔다면 안 보였을 수도 있었던 것. 그것은 발자국 모양의 물방울이었다. 엷은 물 발자국은 호두의 발자국일 가능성이 크다! 관식의 머리가 맹렬히 돌아가기 시작했다. 고양이가 사라진 시간은 약 두 시간이다. 그렇게 엷은 물 발자국이 두 시간 이상 남아 있을 수 있을까? 그건 아니다. 증발하거나 거의 바닥에 붙어 얼룩으로 남는다. 이렇게 깨끗한 상태로 남아 있다는 건… 호두가 조금 전에 정수기 옆을 지나갔다는 이야기가 된다. 정수기를 지나가려면 싱크대를 거쳐야 하니 싱크대 바닥의 물이 발에 묻었을 거고…. 온몸에 전율이 일었다. 그래. 그 겁 많은 녀석이 밖으로 나갔을 리 없어. 지금의 상황에 유클리드의 귀류법을 적용한다면…. 녀석은 분명히 집 안 어딘가에 있어야 한다. 관식과 아내가 미처 생각하지 못한 장소에 말이다.

머릿속으로 가능한 곳을 다시 생각하며 집 안을 눈으로 훑어보던 관식은 심각한 모순에 직면했다. 집 안 어딘가에 숨어 있던 호두가 잠깐 밖으로 나왔다면 왜 거실에 있던 그 좋아하는 간식은 그대로인가 하는 모순 말이다. 혼란스러운 마음에 정수기로 다가가 얼룩을 다시 보았다. 뭔가 이상하다. 아까는 분명히 고양이 발자국으로 보였던 얼룩이… 그냥 타원 모양의 물방울 조각으로 보였다. 조금 전에 관식이 물을 마시다가, 아니면 물을 따르다가 튀었을지 모를 물방울 말이다. 그러면 그렇지. 아내가 몇 번을 뒤져보았고, 관식도 다시 한 번 살펴보지 않았던가. 집 안에 있었다면 진즉에 나왔을 것이다. 호두는 밖에 있다. 건물 구석 어딘가에서, 아니면 자동차 아래에서, 그것도 아니면 풀숲 어딘가에서 무서움에 떨면서 호기심이 빚어낸 잘못된 외출을 후회하며 집사들이 자길 찾아주기를 기다리고 있을 것이다.

밖으로 나가려고 중문 쪽으로 몸을 돌리는데 냉장고가 눈에 들어왔다. 아내는 전화로 냉장고까지 열어보았다고 했다. 호두가 그 안에 있을 리 없다는 것을 알면서도 말이다. 관식의 시선은 냉장고 옆의 싱크대로 옮겨갔다. 싱크대 아래쪽 공간을 백과사전들이 메우고 있었다. 호두는 처음 이 집에 들어왔을 때 아직은 낯선 관식과 아내를 피해 종종 싱크대 아래쪽으로 숨어 들어가곤 했다. 어둡고 지저분한 바닥에 녀석이 들어가는 게 마음이 쓰여 바닥을 청소한 후, 책장에서 11년째 휴식을 취하고 있던 커다란 백과사전 여섯 권으로 아래쪽 빈틈을 메웠다. 브리태니커 사전을 독창적으로 사용한 실례가 될 것이다. 이후로 녀석은 더 이상 싱크대 아래에 들어가지 않았다.

집 안을 순차적으로 살피다가 싱크대 근처까지 온 아내는 냉장고 문을 열었을 것이다. 싱크대가 아닌 냉장고를 굳이 열어본 이유는 싱크대 아래쪽을 커다란 책들이 막고 있어 고양이가 들어갈 수 없다는 것을 알고 있기 때문이다. 관식은 중문을 닫고 싱크대 쪽으로 갔다. 호두가 들어가지 못하게 막아놓은 책 벽. 고양이 탐정의 말. '다시 한번 보세요.' 밑져야 본전이다. 관식은 사전을 다 빼보기로 했다. 바닥에 앉아서 맨 위쪽 사전을 꺼내려고 하는 순간, 무슨 소리가 들렸다. 아니 들린 것 같았다. 아주 작은 소리. 바닥에 앉아 몸을 아래쪽으로 기울이지 않았다면 듣지 못했을 소리였다. 관식은 백과사전 세 권을 뺀 후, 머리를 바닥에 대고 싱크대 아래를 보았다.

어둠 속에서 투명한 두 눈이 관식을 쳐다보고 있었다.

녀석은 싱크대 아래 좁은 공간에 숨어 있었다. 관식은 맥이 탁 풀리며 바닥에 주저앉았다. 지금 손대면 더 안으로 숨을 걸 알기에 일단 아내에게 전화했다.

"호두 찾았어."

"정말? 호두 괜찮아?"

비명에 가까운 목소리.

"집에 있었어. 괜찮으니까 빨리 들어와."

"집이라고? 어디, 어디 있었는데?"

아내는 호두가 집에 있었다는 것을 도저히 믿지 못하겠다는 말투였다.

"싱크대 아래."

중문이 활짝 열렸다. 아내는 오늘 아침에 몇 번이나 울면서 여닫았던 문을 열고 들어왔다. 관식은 의자에 앉은 채 손으로 호두 쪽을 가리켰다. 아내는 바닥에 몸을 대고 호두와 눈을 맞춘 후, 의자 쪽으로 왔다. 호두를 눈으로 확인한 아내의 얼굴에 비로소 안도의 웃음이 피어났다. 이제 남은 의문은 하나다.

이 녀석은 도대체 왜 저 어두운 곳으로 들어갔을까. 아내는 계속 보고 있었다. 백과사전이 입구를 막고 있는 공간에 호두가 어떻게 들어갔는지 생각하는 것 같았다. 관식은 알 것 같았다. 백과사전은 싱크대 아래 공간 전체를 메우지는 않았다. 벽 쪽에 약간의 공간이 남아 있었다. 관식이 호두를 찾은 뒤, 싱크대 왼쪽으로 고개를 돌리자 밑바닥에 책이 들어가고 남은 공간만큼 약간의 틈이 벌어져 있었다. 앞에서 보면 커다란 책들이 견고하게 막고 있어 틈이 없는 것 같지만 호두가 마음먹으면 옆으로 우회해서 얼마든지 들어갈 수 있는 공간이었다. 굳이 들어갈 이유가 없었을 뿐.

따뜻한 커피가 혈관을 따라 몸속에 퍼지면서 긴장이 풀리고 있었다. 두 시간 30분 전, 중문을 두 번 여닫는 과정에서 관식의 어떤 행동이 호두로 하여금 가장 안전하다고 믿는 곳으로 숨어 들어가게 했을까.

"중문을 여닫은 후 신발을 신을 때까지는 아무 문제가 없었어. 평소와 똑같았으니까."

"그때 호두는 어디 있었어?"

녀석은 의자 아래쪽에 배를 대고 누운 채로 관식을 바라보고 있었다. 문제는 그다음이다. 관식은 중문을 열어둔 채, 한쪽 신발만 벗고 깽깽이걸음으로 작은 방으로 들어갔다. 관식과 아내는 호두가 열린 중문으로 나갔다고 생각했으나 정반대로 녀석은 두려움에 떨며 안쪽 깊은 곳으로 숨어버렸다. 쿵쿵 소리를 내며 들어오는 관식을 보고 놀란 걸까? 왜? 다른 사람도 아닌, 매일 자신에게 밥을 주는 집사가 신발을 벗은 한쪽 발로만 뛰듯이 들어왔다고 해서 놀랄 이유가 있을까?

"잘 생각해봐. 호두가 다시 들어오는 당신을 보고 놀라서 숨었을 가능성이 커."

그래. 그건 분명하다. 아내는 그때 욕실에 있었으니까. 뭐였을까. 이 녀석을 놀라게 한 게⋯ 이런 일이 또 발생할지도 모르기에 납득할 수 있는 이유를 찾아야 했

　　　　　　　　　　　　나의 작은 천사

다. 대화를 듣고 있는 건지 호두가 고개를 내밀고 두 사람 쪽을 한 번 쳐다보더니 천천히 어두운 틈에서 나와 냥이 기지개를 켜면서 의자 옆으로 다가왔다. 어휴 이 녀석. 호두가 눈물이 날 만큼 좋았다. 그리고 그 순간, 관식은 녀석이 싱크대 아래에 숨은 이유를 알 것 같았다. 답은 관식이 지갑을 가지러 다시 들어온 순간 호두의 위치에 있었다.

호두는 덮개가 있는 의자 아래쪽 바닥에 배를 대고 누운 채로 출근하는 관식과 작별 인사를 했다. 호두의 시각에서 당시 상황을 재구성해보면 이렇다.

큰 집사는 눈을 찡긋하며 문을 닫았다. 작은 집사는 욕실에서 씻고 있다. 뭐 매일 있는 일이다. 이제 조금 있다가 작은 집사가 나올 거고 간식을 준 다음 똑같이 나가겠지. 그럼 난 간식을 먹고 소파에 편하게 누워…. 어? 왜 문이 다시 열리지? 이 시간에 누가 들어올 리가 없는데…. 히익 저게 뭐야. 못 보던 다리가 뛰어 들어오고 있어. 그것도 한쪽만…. 괴물이닷! 일단 숨자. 가만있자. 안방 문은 닫혔고 소파 바닥은 사방이 막혀 있고… 제길. 작은 방은 침입자가 들어갔어. 그렇다면… 그래, 저기다. 냉장고 옆 싱크대 아래. 앞에서 보면 큰 책으로 막아놓아서 못 들어갈 것 같지만 사실 왼쪽 공간은 조금 여유가 있다. 마음만 먹으면 비집고 들어가는 데 문제가 없다는 말씀. 고양이의 몸을 우습게 보지 말지어다. 오히려 큰 책이 앞을 막아주고 있어서 안전하게 숨어 있을 수 있다. 누가 다시 문을 열고 나가는 것 같다. 하지만 또다시 들어올지 모르니까 모두 다 나갈 때까지, 그래서 괜찮다는 확신이 생길 때까지 이 안전한 어둠 속에서 버티자. 힝. 간식 따위로 날 유혹해도 넘어가지 않을 거야.

호두는 중문을 열고 나간 관식과 잠시 후 다시 문을 열고 들어온 관식을 서로 다른 사람으로 본 것이다. 의자 덮개 아래쪽 바닥에 누워 있는 녀석의 눈에는 관식의 하반신만 보였기 때문이다. 양말을 신은 큰 집사가 나간 직후에 깽깽이 걸음으로 뛰어 들어온 침입자. 그래. 그랬구나. 관식의 이야기를 들은 아내는 고개를 끄덕였다.

"그럴 수도 있겠네."

"어쨌건 나 때문에 벌어진 일이야. 그래도 해피엔딩이니까 다행인 거지."

이 해피엔딩에는 조력자가 있었다.

　　　　　　　　　나의 작은 천사

"여보세요."

"고양이 찾았습니다."

"아, 다행입니다."

고양이 탐정은 완전히 잠에서 깬 목소리였다. 출동 준비 중이었을지도 모른다.

"탐정님 조언이 주효했습니다. 한 번 본 곳을 다시 살피는 과정에서 찾았으니까요."

"가까운 곳에 있었군요."

탐정은 짐작이 간다는 듯 웃으며 말했다. 그렇다. 눈으로 보고 귀로 들으면서도 놓치는 그곳에 간절히 찾는 것이 있다. 전화상으로였지만 사건을 의뢰했고 또 적절한 조언을 들었기에, 그리고 무엇보다 아침잠을 깨운게 미안해서 탐정에게 약간의 사례금을 보냈다. 관식은 아내와 커피 한 잔을 더 나누고 집을 나섰다. 오늘만 두 번째 출근. 언제 그랬냐는 듯 하늘은 화창하게 개어 사방에 빛을 비추고 있었다. 지하철역으로 내려가는 발걸음이 가벼웠다.

출근 시간이 한참 지나 있어서 지하철은 빈자리가 많았다. 출입문 쪽 자리에 앉자마자 휴대전화가 몸을 떨어댔다. 열어보니 아내가 카톡 사진을 보내왔다. 호두가 언제 그랬냐는 듯 기지개를 켜는 사진이었다. 허허,

녀석. 관식은 사진 밑에다 '요놈!'이라고 답장을 보내주었다. 불과 30분 전까지만 해도, 머릿속이 비어버린 채로 아파트 복도를 돌아다니던 자신의 모습이 초현실주의 화가의 그림 속에 나타난 좀비처럼 비현실적으로 느껴졌다. 편안하고 여유로운, 동시에 아련한, 그리고 불편한 그 무엇. 호두가 없어졌다는 아내의 전화를 받고 집으로 돌아가기로 결심한 순간부터, 호두를 찾아다니던 내내, 그리고 지금까지 마음 깊은 곳 어딘가에 켜져 있는 불, 가슴은 느끼고 있지만 머리는 모르고 있는 그무엇. 아침의 추억은 아직 끝나지 않았다. 관식은 휴대전화를 닫고 문 쪽 기둥에 머리를 기댔다. 아련한 추억이 떠올랐다.

관식이 중학교 2학년 때, 아랫집 아주머니가 새끼 고양이 한 마리를 주었다. 동생과 어머니가 동물을 좋아하고 또 서로 친하게 지냈기 때문에 새로 태어난 새끼 중 한 마리를 선물로 준 것이었다. 새까만 몸에 코가 하얀 녀석은 아주 활동적이었다. 어머니와 동생은 녀석을 좋아했고, 관식도 싫어하지 않았다. 당시에는 고양이를 집 안에서 기르지 않고 밖에서 기르는 사람이 많았으나

　　　　　　　　　　　나의 작은 천사

관식 가족은 녀석을 집 안에서 길렀다. 녀석의 이름은…
기억나지 않는다. 검은 고양이는 활달하게 집 안을 휘
젓고 다니다가 오후가 되면 집 밖으로 나갔다. 녀석은
실컷 놀다가 늦은 밤에 돌아와서는 문을 열어달라고 울
음소리를 냈고, 엄마가 문을 열어주면 얼른 들어와 부
엌 구석의 자기 집으로 들어가곤 했다.

고양이와 함께 산 지 2년쯤 지난 어느 날이었다. 그
날 밖으로 나간 고양이는 돌아오지 않았다. 처음 있는
일이었다. 어머니는 걱정이 되는 듯 작은 방에 들어와서
책상 앞에 앉아 있는 관식에게 말했다.

"걔가 어디 갔을까?"

"놀다가 들어오겠지. 너무 걱정 마."

당시 관식은 성적 올리는 재미에 빠져 공부에 한창
열을 올리고 있었다. 책상 위의 카세트 녹음기에서는 팝
송이 흘러나오고 있었다. 카세트 리코더는 평균 90점
이상 받은 학생에게 주는 학업 우수상과 전교 등수 50
등 이상 올린 학생에게 주는 학업 진보상을 받은 기념
으로 일제 파이롯트 만년필과 함께 아버지가 사준 선물
이었다. 어머니는 고개를 끄덕이며 사과 쟁반을 놓고 나
갔다. 그날 녀석은 집에 들어오지 않았다.

다음 날도, 그다음 날도 녀석은 돌아오지 않았다.

어머니는 낮에 고양이를 찾아다니기 시작했다. 하교해서 집에 들어오면 어머니는 고양이를 찾으러 나가고 없었다. 앗싸. 찬스. 관식은 엄마가 차려놓은 밥을 도로 밥통에 담고 라면을 끓여 먹었다. 밤이 되면 동생은 고양이가 돌아오지 않는다고 울었다. 관식은 별다른 감흥이 없었다. 그로부터 일주일 정도 지난 어느 날이었다. 가방을 둘러메고 집에 들어오는 관식을 보자마자 엄마가 말했다.

"고양이 죽었다."

"뭐?"

"기름집 할머니가 찾았다더라."

관식이 가끔 기름통 들고 등유 심부름 가는 집이다. 관식은 가방을 책상 위에 놓으며 물었다.

"어디 있었는데?"

어머니는 한숨을 쉬었다. 며칠 동안 고양이 찾아다니느라 몇 년은 늙어버린 것 같았다.

"오락실 뒤에 공터 있잖아. 그 공터 한가운데… 누워 있었어."

직접 가서 본 모양이었다. 어머니는 천천히 말을 밀어냈다.

"뭐 안 좋은 거 먹은 모양이야."

당시에는 쥐를 잡으려고 여기저기 쥐약을 놓는 경우가 많았다. 안타깝지만 어쩌겠는가. 그게 집 나간 동물의 운명인 것을. 관식은 잠시 슬픈 표정을 짓고는 방을 나와 어제 사놓은 콜라를 마시려고 냉장고 문을 열었다. 콜라가 보이지 않았다. 탄산음료 중독자인 막냇동생이 마신 게 틀림없었다. 설마 했는데. 냉장고에 있던 콜라는 신상품인 체리코크였다. 훨씬 달콤하고 짜릿한 체리 맛 콜라. 이 자식을…. 관식은 냉장고 문을 소리 나게 닫고는 밖으로 나가버렸다.

관식은 알고 있었다. 고양이가 가출한 이유를. 열흘 전 그날은 토요일이었다. 엄마는 동생들을 데리고 외출했고 관식 혼자 집에 있었다. 아니 정확히는 관식과 고양이 둘만 있었다. 관식은 책상 앞에 앉아서 소설책을 읽고 있었다. 그런데 그날따라 녀석이 계속 치대며 독서를 방해했다. 관식은 녀석이 귀찮았다. 문을 닫으면 녀석은 부엌 쪽 창문으로 들어와 관식에게 달려들었다. 부엌 쪽 창문을 닫으려면 앞쪽의 커다란 찬장을 밀어내야 하는데 그건 불가능했다. 관식이 녀석의 방해를 피할 방법은 없었다. 관식이 밀쳐댈수록 녀석의 공격은 심해졌다. 급기야는 책상 위로 올라와 책을 휘젓고 다니는 통에 독서가 아예 불가능했다. 화가 난 관식은 녀석을 잡아서 직육면체 모양의 천가방에다 넣고는 지퍼로 입구를 닫았다. 숨 쉴 공간만 조금 열어둔 채 말이다. 녀석은 조용해졌고 방은 평화를 되찾았다. 30분 정도 책을 읽다가 물을 마시러 나가던 관식은 고양이가 든 가방으로 다가갔다. 지퍼에 손을 대려는 순간, 녀석이 기습 공격을 했다. 관식의 손등에서 피가 나기 시작했고, 화가 난 관식은 가방을 두세 번 걷어찼다. 가방은 다시 조용해졌다. 관식은 물을 마시고 안방으로 가서 구급상자를 꺼내 손가락을 소독한 후, 밴드를 붙였다. 방에 돌아와 보니 가방은 열려 있었고 고양이는 보이지 않았다. 관식은 개의치 않았다. 한 번 혼났으니 다시 덤비지 않을 거야. 밖에서 놀다가 평소처럼 저녁에 들어올 것이다. 뭐 과자나 한 개 집어줘야겠다고 생각하고 다시 책상 앞에 앉아 읽고 있던 책을 집어들었다. 책 제목은 기억나지 않는다. 그날 고양이는 집을 나갔다. 그리고 다시는 돌아오지 않았다. 녀석은 관식을 피해서 달아난 거였다. 다친 몸을 이끌고 절뚝거리며 계단을 내려갔을 검은 고양이는 관식이 무서워 집에 들어오지 못하고 여기저기 기웃거리며 버려진 음식을 먹었을 것이다. 그렇게 열흘 가까이 버티다 누가 놔둔 쥐약을 먹었을 것이다. 그리고 아픈 배를 바닥에 쓸면서 공터 한가운데까지 기어와서는 마지막 숨을 몰아쉬고 눈을 감았을 것이다. 녀석이 잘못한 게 있다면 관식에게 자신과 놀아달라며 잠깐 귀찮게 한 것뿐이었다.

관식은 고양이가 집을 나간 이유를 정확히 알고 있었다. 녀석이 저녁 늦게라도 들어올 줄 알았다. 그러나 고양이가 돌아오지 않았다는 이야기를 어머니에게 들은 순간, 녀석이 영원히 오지 않으리라는 것을 알았다. 하지만 어머니에게 사실대로 말할 순 없었다. 고양이를 죽인 건 쥐약이 아니라 당신의 큰아들이었다.

도착을 알리는 안내방송과 함께 지하철이 서서히 멈췄다. 관식은 자리에서 일어났다. 눈물이 흘렀지만, 입에는 미소가 걸려 있었다. 아름다운 기억으로 남아 있던 어린 시절. 밤새워 공부하기를 밥 먹듯 할 수 있었던 자랑스러운 아들. 인간이기보다 미물에 가까웠던 모범생. 몇십 년 동안 마음속에 묻어두었던 어두운 기억은 지금 관식의 모습을 햇빛 속에서 더욱 또렷이 보여주고 있었다. 관식은 휴대전화를 꺼내 아내가 보내준 사진을 다시 열었다. 사진 속에서 30년 전 검은 고양이가 기지개를 켜고 있었다.

재회

한 사람이 나가고 다시 한 사람이 들어왔다. 사람들이 계속 드나들었어도 소녀는 출입구 옆에 그대로 서 있었다. 마스크를 쓴 간호사는 소녀 쪽을 흘끗 바라보았지만 말을 걸지는 않았다. 하늘색 세일러복 상의에 단정한 남색 바지를 입고 있었다. 자그만 몸집의 단발머리 소녀는 하얀색 강아지를 품에 안고 있었다. 소녀는 동물병원 방문이 처음인 듯 긴장한 표정이었다. 몇 분이 더 지나고 소녀는 결심한 듯 데스크 쪽으로 천천히 다가왔다.

"저…."

부리부리한 눈을 가진 간호사가 미소를 유지한 채 고개를 들었다.

"강아지가… 길을 잃은 거 같아서… 요."

고양이 사료 매대 쪽에 서 있던 관식이 소녀 쪽으로 눈을 돌렸다.

"길을 잃었다고요?"

소녀는 고개를 끄덕이고는 품에 안고 있던 강아지를 간호사 쪽으로 살짝 내밀었다. 몰티즈였다. 강아지는 겁을 먹은 듯 별다른 저항 없이 품을 옮겨 탔다.

"차에 다칠 거 같기도 하고, 또 누가 해코지할지도 몰라서요."

소녀는 목소리는 작지만 또렷한 발음으로 말했다. 간호사는 잠시 생각하더니 강아지를 안고 안쪽으로 들어갔다. 관식은 계산대 위에 사료를 놓았다. 소녀는 플라스틱 손목시계를 바라보고는 한숨을 쉬었다. 괜한 일을 했다는 표정이었다. 길 잃은 강아지를 그대로 지나칠 수도 없고 그렇다고 데리고 갈 수도 없다. 임시로 맡길 곳을 생각해낸 게 동물병원이었으리라. 아마도 소녀는 동물병원 근처에 살고 있을 것이다.

"중학생이에요?"

소녀는 깜짝 놀란 표정으로 관식을 보고는 고개를 저었다.

"고등학생…이에요."

관식은 고개를 끄덕였다. 150센티미터가 겨우 될 듯한 키 작은 소녀가 메고 있는 커다란 백팩이 아래쪽으로 축 늘어져 있었다. 간호사가 강아지를 한 손으로 안고 다시 나왔다.

"혹시나 해서 리더기로 확인했는데 몸속에 마이크로 칩은 없어요."

간호사는 강아지의 목털을 조금 쓸어서 안쪽을 보여주었다.

"사람이 기르던 아이인 건 맞는 것 같아요. 목줄 흔

적이 있거든요."

오래되지 않은 흔적이었다. 조그만 강아지는 간호사 품에 안긴 채, 소녀 쪽을 바라보며 해맑은 표정을 짓고 있었다. 사람을 경계하는 동물이 있는가 하면 천성적으로 사람을 좋아하는 녀석도 있다.

"여기는 치료하는 병원이라 이 아이를 맡을 수 없어요."

강아지의 눈은 소녀에게서 떨어지지 않았다. 소녀는 당황스러운 표정으로 간호사와 관식을 번갈아 쳐다보았다.

"강아지를 발견한 장소로 함께 가보는 건 어때요? 강아지는 여기 잠시만 맡겨두고요. 괜찮죠?"

관식의 말에 간호사가 먼저 대답했다.

"몇 시간 정도는 가능해요."

소녀의 눈이 살짝 흔들렸지만, 결심한 듯 고개를 끄덕였다.

휴일의 이른 시간이라 길거리는 조용했다.

"학원 간다고 한 것 같은데 괜찮은 거 맞죠?"

"아직 시험 시작… 전이라서요."

건널목을 건넌 두 사람은 천천히 골목 안으로 걸어 들어갔다.

"도로를 지나가는데 강아지가 끼잉끼잉거리면서 나오더라고요."

소녀는 자리에 선 채 한숨을 쉬고는 말을 이었다.

"어쩔 수 없이 여기로 돌아왔거든요."

관식의 머릿속에 그림이 그려졌다. 도로 쪽으로 달려가는 소녀와 그녀를 쫓아가는 강아지.

"15분 정도 기다렸어요. 그런데 아무도 나타나지 않아서…."

소녀는 손목을 돌려 다시 시간을 확인했다.

"학생은 학원에 가야 하니까 여기서부터는 내가 해볼게요. 혹시 연락처를 알 수 있을까요? 물어볼 일이 생길 수도 있어서요."

소녀의 표정이 굳어졌다. 관식은 교사 신분증을 보여줘야 하는지 아니면 고양이 탐정 명함을 보여줘야 하는지 잠시 고민했다.

"제가 휴대전화가 없어서요."

"동물병원에는 처음 온 건가요?"

소녀는 곧바로 '예'라고 대답했다.

"강아지가 골목 안에서 도로 쪽으로 나왔다는 거

죠? 때마침 도로를 걷고 있던 학생을 따라왔고요. 혹시
더 기억나는 게 없나요? 사소한 거라도 좋습니다."

소녀는 고개를 저었다.

"말씀드린 게 다예요."

관식은 지갑에서 고양이 얼굴이 그려진 타원형 명
함을 꺼냈다. 명함을 들여다보는 소녀의 눈이 커졌다.

"고양이 탐정이라면 잃어버린 고양이 찾아주는 분
인가요?"

관식은 웃으며 고개를 끄덕였다.

"나중에라도 기억나는 게 있거나 궁금한 게 생기면
연락해줘요."

관식에게 꾸벅 인사한 소녀는 큰길 쪽으로 총총히
걸어갔다. 소녀가 시야에서 사라지자, 관식은 휴대전화
를 열어 온라인 생활 마켓에 올라온 근처 지역 기사를
확인했다. 강아지를 찾는 글은 보이지 않았다. 다음은
포인핸즈. 강아지와 고양이를 찾는 기사가 여럿 보였으
나 해당 지역의 기사는 없었다. 전화기를 닫은 관식은
주변을 살피면서 골목 안쪽으로 들어갔다.

틈이 벌어진 보도블록 사이에 고여 있던 물이 걸을
때마다 흙탕물을 주변에 뿌려댔다. 어젯밤부터 오늘 새
벽까지 서울 전역에 비가 내렸다. 털이 젖어 있지 않은

것으로 보아 강아지가 바깥으로 나온 시점은 비가 그친 이후일 것이다.

좁은 골목 양옆으로 오래된 벽돌 건물들이 다닥다닥 붙어 있었다. 휴일 오전의 여유가 느껴지는 평화로운 풍경. 강아지를 찾는 전단은 어디에도 보이지 않았다.

가능성은 두 가지다.

가설 1. 강아지가 길을 잃었다.

강아지는 꽤 먼 곳에서부터 골목으로 이동해왔을 가능성이 크다. 그게 아니라면 골목 근처에서 강아지를 찾느라 난리가 나고도 남을 시간이기 때문이다.

가설 2. 누군가 강아지를 유기했다.

유기 장소는 강아지가 발견된 장소가 아닐 가능성이 크다. 동물을 유기하는 사람이 집에서 멀리 떨어진 장소를 택하는 이유는 강아지가 집을 찾아올 수 있다는 생각 때문이다.

관식은 학교 도서관에 근무하는 동료에게서 들은 이야기를 떠올렸다. 동료의 어머니는 회색 푸들을 키우고 있었는데, 매일 집 근처 공원을 산책했다. 정해진 장소와 정해진 경로. 그날따라 벤치마다 이미 사람이 앉아 있었다. 사람이 뜸한 가장자리에서 호젓한 평상을 발견한 어머니는 푸들을 풀어주고 평상에서 책을 읽었다고 했다. 책장 사이로 얇은 수제 가죽 책갈피를 끼워넣을 때쯤, 옛 친구에게서 오랜만에 전화가 걸려왔다. 어머니는 시원한 바람을 맞으며 친구와 정겨운 통화를 나누었다. 그렇게 거의 한 시간 동안 통화를 하면서도 늘 앞에 앉아서 자신을 기다리던 푸들이 보이지 않는다는 것을 인지하지 못했다. 뒤늦게야 알아차린 그녀는 실성한 사람처럼 푸들을 찾아 나섰다. 공원은 산책을 나온 사람들과 반려견들로 북적였고, 평범한 푸들을 눈여겨본 사람은 없었다. 사례금을 걸고 경찰에 신고도 했으나 방범 카메라가 없던 시절이라 추적은 쉽지 않았다. 푸들은 끝내 가족의 품으로 돌아오지 못했다.

관식은 간호사의 품에 안겨 떨고 있던 작은 강아지를 떠올렸다. 혹시 주인이 강아지의 실종을 아직 인지하지 못하고 있는 건 아닐까? 조금씩 멀어져가는 강아지를 보지 못한 채, 친구와 통화를 하던 동료의 어머니처럼 말이다. 관식은 천천히 고개를 끄덕였다. 강아지를 찾아 헤매게 될 (또는 헤매고 있을) 누군가가 존재할 가능성이 조금이라도 있다면 애써볼 가치는 있다. 관식에게

뒷일을 맡기고 간 이름 모를 소녀와의 신의를 지키는 일이기도 하고.

근처 파출소 두 곳을 방문했으나 어제오늘 들어온 동물 실종 신고는 없었다. 자수하러 온 범인 쳐다보듯 눈에 잔뜩 힘을 준 채 관식을 바라보던 앳된 순경의 표정을 떠올리며 조금 미안한 마음이 들었다. 그래. 그렇게 쉬울 리가 있나.

골목 안쪽은 주택가로 연결되어 있었다. 아마도 강아지가 이동해온 경로일 것이다. 관식은 방범 카메라를 찾아보기로 했다. 카메라 확인이 여의치 않으면 탐문이라도 해야 할지 모른다.

무인카페 매니저는 관식이 내민 타원형 명함을 신기한 듯 살펴보았다.

"고양이 탐정인데 강아지도 찾으시나 봐요?"

관식은 미소를 지었다. 강아지가 아니라 주인을 찾고 있는 거라고요. 매니저는 바깥으로 나가더니 조그만 카드를 손에 들고 돌아왔다. 편의점과 문구점에서 모형 카메라에 두 번이나 당한 관식은 겨우 찾아낸 진짜 카메라의 존재가 고마울 따름이었다. 카메라는 강아지가 발견된 골목에서 수십 미터 떨어진 곳에서 골목길 입구를 비추고 있었다. 강아지가 주택가 쪽에서 골목길로 들어갔다면 카메라에 잡혔을 것이다. 어쩌면 강아지가 어느 쪽에서 왔는지도 알 수 있을지 모른다. 화면을 바라보면서 관식은 저도 모르게 괘종시계 추처럼 머리를 천천히 좌우로 움직였다. 화면 속 어디에도 강아지는 보이지 않았다.

소녀는 도로를 걷다가 골목 안쪽에서 나오는 강아지를 보았다고 했다. 하지만 강아지는 주택가 쪽에서 골목으로 들어가지 않았다. 남은 것은 작은 골목길 양옆의 집들이다.

골목길 양옆에 있는 세 집 중 제일 안쪽 집은 노부부가 살고 있었는데 개나 고양이를 기르지 않는다고 했다. 노부인과 대화를 나누며 집 안을 곁눈질로 살폈지만, 동물 흔적은 보이지 않았다. 바로 옆에 붙어 있는 집에는 직장인으로 보이는 여성이 살고 있었다. 야무진 인상에 개성 넘치는 헤어스타일의 여성은 관식의 고양이 탐정 명함을 보고 놀라움과 신뢰를 표했다. 창문 쪽 캣타워 위에서 연노란색 뚱냥이 한 마리가 한쪽 다리를 아래로 늘어뜨린 채 평화롭게 잠을 자고 있었고, 아래에는 플라스틱제 자동 급식기가 있었다. 벽에는 낮은 캣로드가 길게 설치되어 캣타워와 연결되어 있었다. 그리크지 않아도 깔끔한 집은 사람과 고양이가 공존할 수 있도록 세심하게 꾸며져 있었다. 그녀는 강아지 사진을 유심히 보더니 맞은편 집에서 기르는 강아지와 비슷하게 생겼다고 조심스럽게 말했다. 여성의 집을 나오는 관식의 가슴이 쿵쾅거렸다.

관식이 내민 휴대전화 속 사진을 본 남성의 눈이 커졌다.

"우리 두부와 정말 닮았네요."

자신의 이름을 들었는지 안쪽에서 하얀 강아지가 쏜살같이 달려 나오더니 남성의 품으로 올라왔다. 덩치는 조금 더 큰 편이었으나 동물병원에 있는 녀석과 똑같이 생긴 강아지였다.

"제가 이 동네에 10년째 살고 있거든요."

남성은 휴대전화를 돌려주며 말했다.

"매일 강아지 산책을 시키니까 주변에 산다면 한두 번은 봤을 만도 한데…. 근처에서 본 적이 없는 아이입니다."

두부는 남성의 품에 안긴 채, 꼬리를 흔들고 있었다. 뒤쪽에서 아빠를 부르는 아이의 목소리가 들렸다.

강아지는 주택가 안쪽에서 골목으로 오지 않았다. 골목길에 있는 집에서 나오지도 않았다. 녀석은 도로 쪽에서 골목으로 들어왔다가 소녀를 보고 다시 도로로 나간 걸까? 관식은 동물병원으로 전화했다. 간호사는 바로 받았다. 관식은 강아지 주인을 찾기가 쉽지 않을 것 같다고 말했다.

"녀석은 얌전히 잘 있나요?"

조금 틈을 두고 간호사가 말했다.

"자세히 살펴보니까··· 안쪽 이빨 두 개가 나갔고 등에 털이 뭉텅이로 뽑힌 흔적이 있어요. 다리도 좀 절고요."

"다리를 전다고요?"

"네. 그 여학생, 지금 옆에 있나요?"

"아니요."

통화를 마친 관식은 도로로 나왔다. 다친 강아지를 동물병원에 데려다주고 사라진 소녀. 길 건너편 은행 옆에 소형 트럭이 도로 방향을 향해 서 있었다. 그 차에 블랙박스가 있다면 소녀가 나온 골목길 입구를 비스듬하면서도 온전히 포착할 터였다. 각종 생활용품과 보세 의류 등 잡동사니를 파는 노점 트럭이었다. 관식은 차 뒷문에 세로로 매달려 있는 커다란 검은색 티셔츠 하나를 집어들었다.

"블랙박스를 보여달라고요?"

지폐를 받은 중년 여성은 어이가 없다는 표정으로

재회

관식을 쳐다보았다. 관식은 휴대전화를 꺼내 사진을 열었다.

"이 녀석이 길을 잃었거든요. 주인을 찾아주려고요. 도와주시면 복 받으실 거예요."

머리보다 작은 빨간 야구 모자를 옆으로 돌려쓴 여성은 탐정 명함을 들여다보았다. 여성의 목에서 우두둑 소리가 났다. 관식은 셔츠 하나로는 성의가 부족했나 하는 생각이 들었다. 차 안쪽을 곁눈질하는데 길게 층을 이룬 여행용 금속제 머그잔이 눈에 들어왔다. 관식이 머그잔을 집으려는 찰나 여성이 말했다.

"혹시라도 다른 문제가 생기면⋯."

"제가 책임지겠습니다."

셔츠와 머그잔을 양쪽 뒷주머니에 구겨 넣은 관식은 앱을 열어 블랙박스를 연결했다. 곧 표정까지 읽을 수 있을 듯한 또렷한 영상이 나타났다. 휴일 아침이라 도로에는 사람이 많지 않았다. 긴 팔 후드에 짧은 바지를 입은 여성이 도로를 천천히 달려 화면 왼쪽으로 사라졌다. 그 뒤로 우산을 손에 든 중절모 남성이 여성이 지나간 쪽을 쳐다보며 빠른 걸음으로 걸어갔다. 강아지는 보이지 않았다. 잠시 후 노인이 사라진 쪽에서 세일러복을 입은 소녀가 나타났다. 고집스럽게 입을 꼭 다

문 모습이 관식과 헤어질 때의 표정 그대로였다. 소녀는 앞쪽으로 돌려 멘 백팩을 두 손으로 안은 채 도로를 천천히 가로지르고 있었다. 그녀는 골목 쪽을 쳐다보지 않고 곧장 지나쳤다. 다시 몇 분이 지났다. 화면 왼쪽에서 나타난 관식과 소녀가 골목으로 들어갔고, 얼마 후 소녀 혼자 나왔다. 소녀는 달리는 버스를 향해 빠른 속도로 뛰었고 소녀를 실은 버스는 곧바로 출발했다.

소녀가 몰티즈를 정말로 길에서 발견했다면 굳이 거짓말을 지어낼 이유가 없다. 강아지는 애초에 소녀가 데려왔다고 보아야 한다. 그렇게 생각하면 연락처를 남기지 않은 것도 설명된다.

소녀가 남긴 유일한 단서는 그녀가 타고 간 버스였다.

버스에서 내린 소녀는 손목시계를 확인한 후 천천히 걸음을 옮겼다. 오후 5시였지만 또 비가 오려는지 하늘이 어두워지고 있었다. 동물병원에 두고 온 콩이가 눈에 밟혔다. 소풍이라도 가는 줄 알고 기대에 찬 눈으로 진청색 백팩에 고분고분 들어가던 녀석. 백팩을 잡은 소녀의 두 손에 힘이 들어갔다.

소녀는 백팩을 책상 옆에 내려놓았다. 책상 위에는 과일과 우유가 놓여 있었고 서랍 주변에는 작은 나무 파편이 불규칙하게 떨어져 있었다. 5분이 지나 목제 엘더도어가 열렸다가 닫히는 소리가 들렸다. 몇 분 후 집 안에 바흐의 골드베르크 변주곡이 은은하게 흐르기 시작했다.

"잘 다녀왔어?"

"네."

두 사람은 식탁에 마주 앉았다. 하루 중 가장 편안한 시간. 여인의 입에서 미소가 떠나지 않았다. 소녀 또한 엄마의 회사 일이 잘 풀리고 있는 것 같아서 기분이 좋아졌다. 곧 신제품이 출시되는데 시장의 반응이 좋다고 했다. 더 넓고 안전하고 공부하기 좋은 환경으로 갈 수 있을 것 같다고도 했다.

여자는 회계사였다. 세무 업무가 전문 분야였고 경영 컨설팅까지 영역을 넓혀가고 있었다. 승승장구하던 그녀는 5년 전 어떤 회사로부터 고소를 당했고 재판에서 유죄 판결을 받았다. 배임이 의도적 행위는 아니라는 판단에 비교적 가벼운 처벌로 그쳤으나 협회로부터 3년 자격정지 처분을 받았다. 매 순간 기울기가 바뀌는 운동장에서 3년 동안 움직이지 말고 한자리에 서 있으라는 건 죽으라는 말과 다름없었다. 그녀는 회계사 일을 그만두고 사업 쪽으로 방향을 전환했다. 평소에 관심이 있던 화장품을 제조하고 유통하는 회사였다. 작은 회사 였지만 비용을 획기적으로 줄인 탓에 경쟁력 있는 제품을 시장에 내놓을 수 있었다. 회계 지식을 십분 발휘한 결과였다. 회사는 착실하게 성장했지만, 그녀는 개인적인 아픔도 겪었다. 회계사 일을 그만두고 창업하는 과정에서 남편, 그러니까 소녀의 아버지와 헤어졌던 것이다.

소녀는 자신이 결코 엄마처럼 될 수 없다는 것을 알고 있었다. 그래도 포기하지 않고 계속 노력하는 모습을 보여주어야 한다고 생각했다. 삶에서 중요한 건 태도이니까.

대화 중에 여인은 소녀의 방 쪽을 주기적으로 쳐다보았다. 콩이가 나오지 않는 게 이상해서일 거다. 콩이는 이제 없다. 여인이 생각난 듯 말했다.

"참, 오늘 시험 있었지?"

"예."

검정고시는 가능한 한 빨리 합격해야 이후 시간을 효율적으로 쓸 수 있다. 딸이 내민 검정고시 예비 시험 결과를 한참 동안 들여다보던 여인의 입에 어색한 미소가 살짝 올라왔다.

재회

"저… 고양이 탐정님이시죠? 전단 보고 전화했는데요."

지긋한 중년의 목소리였다. 동네 여기저기에 전단을 붙인 후로 예상치 못한 순간에 전화를 받곤 한다.

"가끔 만나서 돌보는 길고양이가 있어요. 새끼를 기르는 거 같은데 좀 위험해 보여서요. 도와주고 싶은데 도통 찾을 수가 없네요."

남자가 말한 장소는 관식의 집에서 한 블록 떨어진 곳이었다. 은퇴한 교장 선생님 같은 외모의 남자는 관식을 보자마자 허리를 굽혀 인사했다. 두 사람은 대화를 나누며 아파트 경내로 들어갔다. 남성이 갈색 고양이를 만난 건 몇 달 전이라고 했다.

"저녁에 산책하러 나와서 사료를 주며 안면을 텄지요."

길고양이를 돌보는 남성은 많지 않다.

"그 녀석이 최근에 새끼들을 낳은 모양이에요. 그런데…."

걸음을 멈춘 남자가 손가락으로 울퉁불퉁한 바위와 풀로 뒤덮인 경사면을 가리켰다.

"저기 어딘가에 새끼들을 숨겨둔 거 같아요."

경사면은 지면과 거의 수직을 이루고 있었다. 폭

은 10미터에 달했고 높이도 5미터가 넘어 보였다. 아래쪽에 움푹 팬 커다란 웅덩이가 있고 경사면에 군데군데 금속 배관이 보이는 것으로 봐서 여름에 폭포처럼 물이 쏟아지게 만들어놓은 장치로 보였다. 깊은 산의 절벽을 그대로 옮겨놓은 듯 잘 만들어진 구조물은 아파트 주민을 위한 위락시설이었다. 관식은 고개를 갸우뚱했다. 아무리 동작이 민첩한 고양이라도 저런 곳을 보금자리로 삼는 것은 불가능해 보였다. 더구나 새끼들 아닌가.

"경사면 어딘가에서 고양이를 직접 보신 건가요?"

남자가 고개를 끄덕였다.

"어미와 새끼들이 줄을 지어 경사면을 횡단하는 걸 우연히 봤습니다. 밤이었는데 저도 믿을 수 없었다니까요. 휴대전화를 손에 들고 있었으면 찍어놓았을 텐데 말입니다. 어미를 포함해서 모두 세 마리였습니다."

남자가 고양이 가족이 지나간 길을 손으로 가리켰다.

"그날 이후로 그곳을 주의 깊게 살폈거든요. 분명 새끼 고양이 소리가 들리는데 장소를 알 수가 없는 겁니다. 아무리 찾아도 보이지 않아서요. 저기 어딘가에 숨어 있는 것 같은데…."

떨어지면 죽을 수도 있는 위험한 절벽에 보금자리

를 만들어 새끼를 기르는 어미 고양이. 관식은 경사면으로 다가갔다.

"사람이 오르기도 쉽지 않겠군요."

"사실 탐정님한테 연락하기 전에 고양이 구조대에 도움을 요청했었습니다. 여기 와서 보고는 사람이 다칠 위험이 있다고 하면서 철수하더라고요."

고양이가 긴박한 상태라는 게 확실하지 않은 이상 사람이 위험을 감수할 수는 없는 일이다.

"고양이가 새끼들을 저기 어딘가에 숨겨서 기르고 있다면 그럴 만한 이유가 있을 겁니다."

남자가 경사면을 살피며 말했다.

"그렇다면 밤에 이동한 건 무슨 이유일까요?"

"먹이 때문일 겁니다. 먹이를 확보해놓은 어미가 안전한 밤에 새끼들을 이끌고 가는 거죠. 고양이는 야간 시력이 좋거든요."

남자의 얼굴에 감탄이 올라왔다.

"과연… 그렇겠군요."

고양이는 아마도 사람이나 다른 동물이 쉽게 접근할 수 없는 장소를 찾아 새끼를 보호하는 중일 것이다. 문제는 새끼들의 시력이나 운동 감각이 아직 부족하다는 점이다. 새끼들이 어미를 따라가다가 자칫 떨어지기라도 한다면…. 눈어림으로 대략 5미터 정도다. 중력가속도가 9.8이니까 이동 거리 = $\frac{1}{2}$ × 9.8 × 시간^2 에 적용하면, 고양이의 몸이 자갈을 깔아놓은 웅덩이 바닥에 닿는 데 걸리는 시간은 겨우 1초 남짓이다.

"이렇게 해보면 어떨까요?"

관식은 남자에게 차분하게 설명했다.

"봉지 밥을 따로 준비하는 겁니다. 얇은 조각 비닐에 밥을 담아서 밀봉한 후에 원래 주던 밥 옆에 함께 두는 거죠."

"어미가 봉지 밥을 입에 물고 새끼들에게 가져가게 하자는 거군요."

봉지 밥은 비가 와도 젖지 않는다. 관식은 어미 고양이의 강한 생활력과 모성애에 마음속 깊이 감탄하고 있었다. 얼마나 많은 고양이 가족이 오늘 하루도 어디선가에서 사선을 넘고 있을지 모를 일이다.

"좀 번거로운 일인데… 가능하시겠습니까?"

남성은 고개를 가로저었다.

"그 정도야 힘들다고 할 수 없지요. 그런데 저런 장소에 새끼들을 그대로 둬도 되는지, 그게 마음에 걸립니다."

"무리해서 구조하려고 하면 낭패를 볼 수 있습니

재회

다. 지금까지 별일이 없다면 어느 정도 저 장소에 적응했다고 볼 수도 있어요."

남성은 관식의 말을 들으며 천천히 고개를 끄덕였다.

"어쩌면 그 녀석 생각을 존중해줄 필요도 있겠군요. 허허."

두 사람은 아파트 입구에서 헤어졌다.

띄엄띄엄 서 있는 나트륨 등의 엷은 오렌지색 불빛이 고요한 길을 어슴푸레 밝히고 있었다. 관식은 새끼를 물고 절벽을 오르는 어미 고양이를 생각했다. 치명적인 위험을 피하려고 작은 위험을 감수하는 건 합리적인 판단이다. 동물에게도 사람에게도. 문득 어떤 생각이 떠올랐다. 관식은 동물병원에 전화해 혹시 여학생에게서 연락이 오면 곧바로 알려달라고 말했다.

소녀는 물을 적신 손수건으로 방바닥을 구석구석 닦았다. 옷을 갈아입은 소녀는 책상 앞에 앉았다. 책상이 꽤 넓은 데 비해 의자는 좁았다. 그래야 공부가 잘된다며 엄마가 주문 제작한 가구였다. 잘 모르겠지만 한번 앉으면 여간해서 일어날 생각이 들지 않는다.

간호사 말로는 콩이는 치료를 받을 거고 입양 절

차를 밟을 거라고 했다. 잘될 것이다. 잘한 일이다. 찾지 않고 기억하지도 않을 것이다. 영원히.

두꺼운 문제집을 넘기던 소녀의 손이 멈췄다. 낮게 깔린 목소리가 거실 벽을 타고 소녀에게로 다가오고 있었다. 엄마가 누군가와 다투고 있었다. 소녀는 책상 아래쪽 공간으로 들어가 무릎을 보듬고 앉았다. 간식을 기다리며 소녀와 눈을 맞추는 강아지가 앉았던 자리. 엷은 분홍빛 가운을 입은 간호사에게 안겨 소녀를 쳐다보던 녀석의 눈빛이 떠올랐다. 콩이는 이제 없다. 침묵 속에서 소녀는 흐느끼기 시작했다.

관식의 예상대로 소녀는 동물병원에 전화를 걸었다. 소녀는 급하게 떠나서 죄송하다는 말과 함께 몇 가지 물어보았다고 한다. 간호사가 친절하게 대답해주면서 더 대화를 이어가려고 하는데 전화가 끊어졌다.

"공중전화 같아요."

번호가 노출될까 봐 공중전화를 사용했을까. 아니면 정말로 전화가 없는 걸까. 머릿속에서 이런저런 시나리오가 틈을 비집고 새어나왔다. 관식은 앱을 열었다. 다친 강아지와 거짓말을 하고 사라진 소녀의 이야기를

재회

직접 들어보고 싶었다. 번호를 입력하자 화면에 지도가 나타났다.

공중전화 부스는 소녀가 버스를 탔던 정류장에서 네 정거장 거리에 있었다. 조용하면서도 유동 인구가 많은 곳이었다. 문이 없는 부스 안에 낡은 금속제 공중전화가 있었다. 관식은 부스 주변을 천천히 둘러보았다. 규모가 제법 커 보이는 학원이 눈에 들어왔다. 키가 크고 체격이 좋은 짧은 머리 남학생이 머리를 양쪽으로 흔들면서 학원 문을 나서고 있었다. 관식은 학생에게 오늘 시험이 있었는지 물었다. 학생은 잠시 생각하더니 대답했다.

"대입 검정고시 예비 시험이 있었는데, 아마… 3시쯤 끝났을걸요."

손가락으로 에어팟을 두드린 학생은 고개를 흔들면서 사라졌다. 관식은 휴대전화를 열어 동물병원에서 연락이 온 시각을 확인했다. 3시 10분이었다.

"어제 시험에 늦지 않았어요?"

소녀는 눈에 띄지 않을 정도로 작게 고개를 저었다. 상의는 어제와 달랐으나 감색 바지는 그대로였다.

고양이 탐정 아저씨는 학원 앞에서 우연히 만난 것처럼 말했다.

"강아지는 병원에서 치료 중이고 금방 회복된다고 하니까 걱정하지 마세요."

소녀는 음료수 잔을 만지작거리며 왼쪽 종아리를 의자 다리에 비볐다.

"혹시 다른 동물도 기르나요? 치료가 필요한 아이들 말입니다."

"…아뇨."

소녀는 대답하자마자 자신이 콩이 주인임을 자백했음을 깨달았다.

"어제는… 죄송해요. 사실대로 말하지 못해서."

고양이 탐정은 고개를 과장되게 저었다.

"동물을 기르다 보면 의도치 않게 다치기도 하잖아요. 누구 잘못도 아니에요. 그리고 학생에게 묻고 싶은 게 하나 더 있어요."

소녀는 그만 말하는 게 좋겠다는 생각이 들었다.

"이름이 뭐죠?"

소녀가 고개를 들었다. 탐정이 웃으며 말했다.

"그 몰티즈요. 이름이 궁금해요."

소녀는 콩이라고 대답할 뻔했다. 콩이는 고모가 유

럽으로 이민 가면서 주고 간 선물이었다. 소녀의 부모가 이혼한 후에도 고모는 조카를 보러 집을 몇 번 방문했다. 소녀의 엄마는 교수이자 유명한 문학 평론가인 고모를 정중하게 대했다. 콩이라는 이름은 고모와 소녀가 함께 지었다. 6개월 후 소녀는 엄마로부터 고모의 사망 소식을 들었다. 퇴근길에 집 근처 서점에 들렀다가 갑자기 쓰러졌다고 했다. 며칠 후 TV에 고모의 부고가 스쳐 가듯 나왔다. 심근경색으로 쓰러진 동양 여성을 도우려 하는 이는 없었다는 짤막한 논평과 함께.

다른 집에 입양되면 콩이는 새 이름을 가질 거고 다른 삶을 살게 될 것이다. 소녀의 집에 처음 왔을 때처럼 말이다.

소녀는 대답하지 않았고 탐정 아저씨도 더 묻지 않았다. 소녀의 눈이 다시 손목시계로 갔다. 소소한 몇 가지 대화가 이어졌고, 이윽고 소녀는 탐정에게 인사한 후 자리에서 일어났다. 탐정 아저씨가 카페를 나가는 소녀를 향해 손을 흔들었다.

버스에서 내린 소녀는 건널목을 지나 넓은 골목으로 들어갔다. 고급 주택이 많은 동네였다. 대리석 타일로 꾸민 골목길을 빠른 속도로 걷던 소녀가 고개를 돌렸다. 낯설고도 익숙한 소리. 하지만 시야에 들어오는 사람은 아무도 없었다. 어디선가 창문을 닫는 소리가 들렸다. 조용히 몸을 돌린 소녀는 놀이터 옆 좁은 골목 안으로 빨려들어가듯 사라졌다.

거실은 고요했다. 소녀는 굳게 닫힌 안방 문을 조용히 지나갔다. 책상 위에는 견과 접시가 놓여 있었다. 소녀는 입술을 깨물었다.

간호사도 그랬고 멀대처럼 키가 큰 고양이 탐정 아저씨도 좋은 곳에 입양될 거라고 말했다. 만약 입양되지 못해도 적어도… 편안하게… 죽을 수 있다. 그래. 잘한 일이다. 하늘나라에 있는 고모도 분명 잘했다고 할 거다. 소녀는 종아리가 드러나는 실내 바지로 갈아입었다. 거실에서 클래식 음악이 들리기 시작했다.

관식은 휴대전화를 쥔 손을 바라보며 한숨을 쉬었다. 독특한 문자 수신음. 제주도로 여행 간 제로의 아이들이 보내준 일출 사진이었다. 막 떠오르는 해를 등지고 찍은 단체 사진 한가운데에 관식이 웃으며 공중부양 자세로 앉아 있었다. 편집 능력자인 소라가 관식의 사진을 자연스럽게 집어넣은 것이다. 출소 전 마지막 휴가를 나온 우현은 왼쪽 끄트머리에 서서 어색하면서도 편안한 웃음을 짓고 있었다. 고3이 되기 전 일곱 아이의 마지막 여행. 서로 하고 싶은 말이 많을 것이다. 비슷하면서도 조금씩 다른 아이들의 손하트를 보며 관식은 최근에 우현이 소년 교도소에서 보낸 편지를 떠올렸다. 관식은 사진에 하트를 남기고 조용히 휴대전화를 닫았다.

소녀가 고개를 조금만 빨리 돌렸다면 관식은 스토킹으로 신고를 당했을지 모른다. 미행하면서 전화를 무음으로 바꾸지 않은 건 탐정으로서 용납되기 힘든 실수다. 혹시라도 소녀가 동물로 가득한 비위생적인 집에 살고 있을 가능성도 생각했다. 그런 경우라면 구조센터 전화 한 번으로 문제가 해결될 터였다. 하지만 실상은 관식의 우려가 무색할 정도였다. 원목 엘더도어에서부터 풍기는 고급 주택의 아우라. 편의 시설이 잘 갖추어진 주변 환경. 결코 전화 요금을 못 내거나 동물병원 치료비가 없을 정도로 어려운 환경은 아니다. 흘끔흘끔 시계를 보던 소녀의 목에 문신처럼 새겨져 있던 오래된 흔적. 그것은 관식이 이미 경험한 적이 있는 그 무엇이었다.

"어디 있어?"

여인은 한 번 더 물었다.

"잘… 몰라요. 어제 집에 와보니까 없어져서…."

여인은 옅은 미소를 흘리며 찻잔을 내려놓았다. 소녀는 엄마가 사람을 사서 집 주변을 돌거나 학원에까지 알아볼지 모른다는 생각이 들었다.

여인은 종이쪽지를 소녀의 눈앞에 내밀었다. 어제 소녀가 여인에게 준 검정고시 예비 시험 성적표였다. 수학 점수에 붉은색 동그라미가 쳐져 있었다. 만점을 받은 국어와 영어에는 아무런 표시가 없었다. 퍽 소리와 함께 소녀가 비명을 지르며 바닥에 쓰러졌다. 소녀는 곧바로 일어섰다. 입 안에 피가 차올랐다. 그 쉬운 예비 시험에서 수학을 한 문제나 틀려?

"어떤 유명한 수학자 자서전에 나오는 이야기야. 어릴 때 계단에서 굴러서 머리가 터졌는데 그때부터 수학이 쉬워졌대. 머릿속에 있던 나쁜 피가 빠져나간 거라고 믿었다나?"

소녀가 바지를 벗자, 멍으로 채색된 검붉은 허벅지가 드러났다.

"이 이야기의 교훈은…."

식탁 위에 놓인 영국제 찻잔에서 여전히 김이 올라

　　　　　　　　　　　　　　　　재회

오고 있었다.

"어떤 상황에서도 긍정적인 태도는 가능하고 또 중요하다는 거야."

소녀는 이를 악물었다. 골프채가 다시 바람을 갈랐다.

강아지 이름을 물었을 때, 소녀의 표정을 잊을 수 없다. 그 표정과 목의 흉터가 관식을 여기로 이끌었다. 충동적인 미행. 우리가 해야 할 일은 매 순간 주어진다. 실행은 자각의 문제일 뿐. 관식은 대문 앞을 서성이는 자신의 모습이 낯설게 느껴졌다.

"내일까지 다시 데려다놔."

콩이의 털을 우악스럽게 잡아 뽑으며, 소녀의 표정을 관찰하던 무표정한 얼굴. 엄마는 콩이를 찾아낼 것이다. 소녀는 다시 일어서려 했지만 다리의 힘이 풀리며 식탁 앞으로 쓰러졌다. 다기 세트가 식탁과 함께 쓰러지며 요란한 소리를 냈다. 그때 벨이 울렸다.

"안녕하세요. 반려동물 입양 단체에서 왔습니다."

스피커폰에서 나오는 남성의 목소리는 해맑았다.

"어제 몰티즈 강아지를 맡기셨는데요. 저희 직원이 실수로 서류에 서명을 받지 않았더라고요. 또 오시라고 하기 죄송해서 주소지로 찾아왔습니다."

여인은 소녀에게 눈짓했다. 소녀는 깨진 찻잔을 품에 안고 방으로 들어갔다. 여성의 입가에 미소가 흘렀다. 여인은 차분한 목소리로 물었다.

"서명을 안 하면 취소되는 건가요?"

관식은 잠시 뜸을 들인 후에 대답했다.

"···취소 칸에 별도 서명해주시면 됩니다."

여인은 살짝 열린 현관문 안쪽에 서 있었다. 오후의 햇빛에 반사된 도어체인이 관식의 눈을 때렸다.

"···주세요."

관식은 고개를 저었다.

"죄송하지만 신청하신 학생이 직접 서명해야 합니다."

"제가 보호자입니다."

"학생이 직접···"

"지금 없어요."

문틈 너머로 현관 바닥이 눈에 들어왔다. 안쪽을 향해 반듯하게 놓인 작은 운동화와 아무렇게나 내동댕

이쳐진 여성용 고급 구두. 여인의 어깨 뒤로 방문이 소리 없이 열렸다.

"동물 입양 기관이라고 했나요? 신분증 보여주세요."

관식은 신분증 대신 손을 내밀어 현관문을 잡았다. 자신도 예상하지 못한 행동이었다. 여인의 눈이 이글거렸다.

"당신, 각오하는 게 좋겠어. 가택 침입과 스토킹 혐의로 신고할 거니까."

"바라는 바입니다."

여인이 뒤로 고개를 돌렸다. 관식의 시선은 여성의 뒤에 서 있는 소녀의 얼굴과 다리 쪽을 향하고 있었다.

"왜 신고하지 않죠? 내가 대신 신고해줄까요?"

문을 당기는 여인의 힘은 관식의 예상을 뛰어넘었다. 닫으려는 자와 열려는 자. 여인의 입에서 욕설이 튀어나오려는 찰나, 소녀가 비명을 질렀다. 곧이어 경관 둘이 집 안으로 뛰어들었다.

"학교 자퇴시킨 건 혹시라도 가정 폭력이 노출되는 것을 차단하기 위해서였어."

아내가 사온 귤은 노란 색깔과는 달리 꽤 신맛이
났다.

"전화기를 없앤 이유도 같지 않을까?"

관식은 고개를 끄덕였다.

"폭행한 후에는 백화점에 데리고 가서 선물을 사준
모양이야. 고급 레스토랑에서 식사도 하고…."

화려해 보이는 삶의 이면에 도사리고 있던 초라한
자아의 왜곡된 소유욕. 그녀는 길고 긴 후회와 반성의
시간을 가져야 할 것이다. 아내가 귤 한 조각을 관식의
입에 넣어주며 말했다.

"그렇지만 이번에 좀 무모했던 거 알지?"

경찰을 부른 것은 소녀였다. 여인은 관식을 고소했
으나 소녀가 자신이 관식에게 부탁했다고 경찰에 진술
해 혐의가 해소되었다. 어쩌면 그날 아침, 강아지를 백
팩에 담아서 집을 나서는 순간부터 소녀의 탈출은 시작
되었을지 모른다. 마지막 순간에 바깥에서 문을 두드려
줄 누군가가 필요했을 뿐.

"아이는 아버지가 맡기로 했나 봐. 학교도 다시 등
록할 예정이라고 해."

아내의 폭력과 폭언에 밀려 딸을 방치하고 외면한
미안함은 앞으로 성실하게 갚아나가야 할 것이다.

"참, 강아지는 어때?"

관식이 웃으며 대답했다.

"병원에서 회복 중. 새집에서 학생이랑 다시 만날 날을 기다리고 있어."

"그야말로 재회네."

관식이 강아지 이름을 말해주자, 아내가 예스러운 이름이라며 어깨를 으쓱했다. 귤껍질을 봉지에 담는데 전화가 울렸다. 메시지에는 사료 봉지를 입에 물고 절벽을 막 오르기 시작하는 고양이 사진이 담겨 있었다. 삶의 고통과 발견의 기쁨을 관통하는 작은 얼굴. 관식의 얼굴에 미소가 번졌다.

고양이 탐정
주관식의 분투

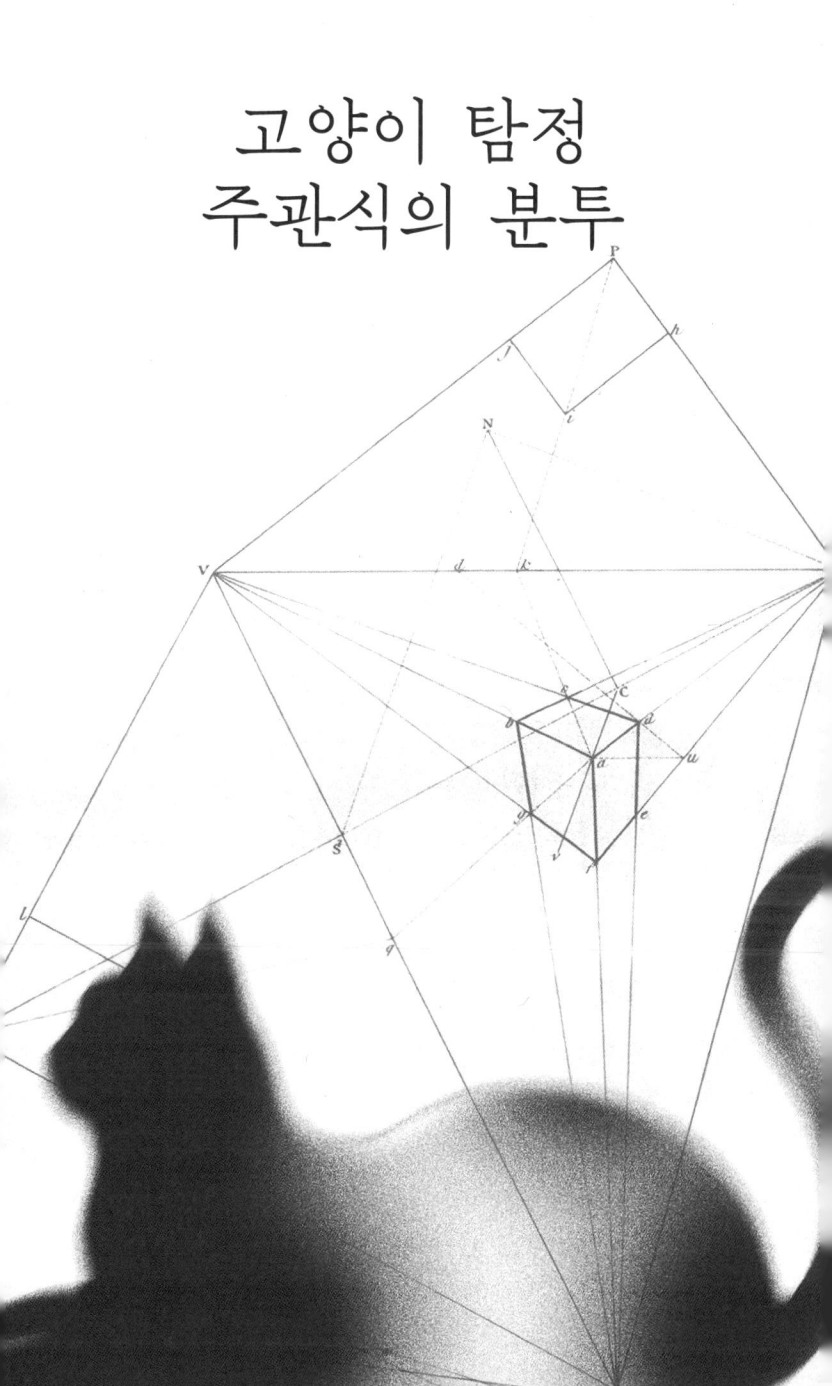

카페에 들어서자마자 휴대전화가 몸을 떨었다. 관식은 앞에 보이는 빈 의자에 앉은 다음 전화기를 열었다.

"호두 아버님, 잘 지내셨나요?"

관식을 이렇게 부르는 사람은 한 사람밖에 없다. 쟈니 아버지는 이름도, 나이도, 하는 일도, 사는 곳도 모르지만 관식이 확실히 '아는' 사람이다.

"안녕하세요. 오랜만입니다."

"호두도 잘 있지요? 카톡 프로필 사진 보니까 살이 좀 쪘던데."

"그럼요. 잘 지내고 있습니다."

프로필 사진을 바꿀 때가 된 것 같다.

"몸무게가 6.5킬로그램만 넘지 않으면 고양이는 그래도 좀 통통한 게 귀엽지요. 그건 그렇고 혹시 호두 아버님께 부탁 하나 드려도 되겠습니까?"

"부탁이요?"

"미화아파트 1동 거주자가 고양이를 잃어버린 모양입니다. 고양이 집사가 이웃이었던 사람이라 저한테 도와달라고 하는데, 제가 요 며칠 지방에 와 있지 뭡니까. 인터넷으로 고양이 탐정 몇 명을 찾아서 연락했더니 미화아파트 근처에 사는 사람은 없더라고요. 다들 출장

고양이 탐정 주관식의 분투

나가는 데 두세 시간씩 걸린다고 하고… 허 참. 30분 거리에 사는 사람이 한 명 있기는 한데 밤새 수색 작업을 했다면서 먼저 집사가 주변을 찾아보고 있으면 최대한 빨리 오겠다고 했답니다. 고양이 수색은 근접성이 최우선이지 않습니까. 고민하다가 호두 아버님이 생각나더라고요. 지난번 일도 있고…."

관식이 미화아파트에 살 때, 가끔 밥을 주던 연갈색 길고양이가 얼굴에 큰 상처를 입은 채 사라진 적이 있었다. 고양이를 찾다가 자신처럼 그 고양이를 찾고 있는 노인을 만났다. 쟈니는 일곱 살 수컷이었다. 다른 길고양이에 비해 압도적으로 나이가 많은 노묘.

"다른 고양이에게 밥도 곧잘 양보하는, 착한 녀석입니다. 뭐 주로 암컷에게 그랬지만요."

쟈니를 찾으면 즉시 연락해주기로 하고 둘은 전화번호를 교환했다. 이틀 후 노인에게서 전화가 왔다.

"갈 만한 곳은 다 찾아봤는데 안 보이네요. 아이가 거주지를 옮겼나 봅니다. 허 참."

울먹이는 목소리가 멀어져갔다. 관식은 그날 밤 아내에게 먼저 자라고 말한 뒤, 랜턴과 소형 케이지를 챙겨서 조용히 집을 나섰다. 겨울방학이라 그나마 시간 운용이 자유로웠다. 노인의 말대로 노묘가 보금자리를 옮겼을까? 만약 그랬다면 어디로 갔을까? 2천 세대가 넘는 아파트 단지를 다 뒤질 수도 없는 노릇이었다. 확정된 사실을 모아놓고 논리적 분석을 통해 그 속에 숨어 있는 답을 드러내는 연역적 접근이 필요했다.

조건 1. 쟈니는 노묘다.
조건 2. 쟈니는 얼굴에 심한 상처를 입고 있다.
조건 3. 아파트 단지는 광활하다.

어렴풋이 어떤 생각이 떠올랐다. 관식은 노인이 쟈니에게 밥을 주던 곳에 간식을 놓고 밤새도록 지켜보기로 했다. 밑져야 본전. 쟈니가 오지 않으면 다시 찾아나서면 된다. 낚시 의자를 놓고 유튜브로 자막 처리된 미드를 세 편째 보기 시작할 때쯤, 저 멀리서 꼬리를 끌고 천천히 다가오는 쟈니가 관식의 눈에 들어왔다. 관식은 간식을 먹는 쟈니 사진을 노인에게 곧바로 전송했다. 주변 지리에 익숙한 노묘가 자신을 노리는 적들을 피해서 계속 이동했을까. 상대적으로 안전한 아침녘에 간식을 주는 노인을 찾아왔다가 번번이 발걸음을 돌려야 했을까. 알 수 없다.

노인은 쟈니를 입양했고, 녀석은 생의 마지막 시간

을 편안히 보낼 수 있었다.

"걱정되시겠네요…."

"그 젊은 부인이 우리 쟈니 주라고 간식도 얼마나 챙겨줬는지 몰라요. 그러니 호두 아버님이 좀 도와주세요. 부탁해요."

생명을 아낄 줄 아는 사람이 고통을 받아서는 안 된다. 관식은 자신도 모르게 알았다고 말했다.

"택배 기사가 왔다 간 시간은 2, 3분 정도라는 거죠?"

남자는 굳은 표정으로 고개를 끄덕였다. 배우자로 보이는 젊은 여자는 손에 조그만 사료 봉지를 든 채, 짙은 갈색 소파 끄트머리에 앉아서 앞을 응시하고 있었다. 커다란 프랑스식 창문 옆에는 천장까지 닿을 듯한 캣타워가 있었고, 창문에는 하얀색 방범창이 촘촘하게 설치되어 있었다.

"그 짧은 시간에…."

남자의 입술이 일그러지며 바닥에 주저앉을 것 같은 표정을 지었다. 관식은 차분한 표정으로 고개를 끄덕였다.

"고양이는 사람이 상상도 못하는 속도로 이동할 수 있습니다. 집사님의 잘못이 아니에요."

물론 커다란 상자 여러 개를 집 안으로 들여놓아준 친절한 택배 기사의 잘못도 아니다. 그 기회를 놓치지 않고 사라져버린 고양이의 잘못은 더더욱 아니다. 관식은 수첩을 든 채 말을 이었다.

"고양이는 강아지와 달라서 집을 나가더라도 멀리 가지 않습니다. 아직 두 시간이 채 지나지 않았으니 너무 걱정하지 마시고…."

"아파트 단지에 차도 많이 다니는데… 1분, 아니 1초도 위험하다고요."

관식은 이해한다는 표정을 지었다.

"본격적으로 수색하기 전에 해야 할 일이 있습니다."

남자는 미심쩍은 표정을 지었다. 인터넷에 계정이 공개된 고양이 탐정 중에는 곧바로 와줄 수 있는 사람이 없어서 울며 겨자 먹기로 지인을 통해 연결된 눈앞의 남자가 영 미덥지 않다는 얼굴이었다. 만약 케이지까지 빠뜨리고 왔다면 곧바로 내쫓겼을 것이다.

"혹시 생활 마켓 이용하고 있다면 거기에 자두 사진과 함께 간략한 내용을 올려두시는 게 좋겠습니다.

근처 주민들이 우연히 발견하고 자두 사진을 보내줄 수도 있으니까요. 실제로 도움을 받는 경우도 꽤 있습니다. 밖으로 나가기 전에…."

남자가 우는 듯한 표정을 지었다. 여자는 휴대전화를 열어 빠른 속도로 터치하기 시작했다. 국가동물보호정보시스템과 포인핸즈에 등록하는 건 나중에 말하는 게 좋을 것 같았다.

"집 안을 다시 한번 수색해보세요. 넉넉잡아 30분 정도면 충분할 겁니다."

남자의 입에서 한숨이 나왔다.

"저희가 한 시간 넘게 찾아보고 연락드린 거 아시잖아요. 여기가 몇 평이나 될 거 같아요? 문 앞 복도 제외하면 스무 평 조금 넘는 정도라고요. 장롱 속, 심지어는 냉장고 안까지 진짜 집을 거꾸로 들어서 탈탈 털었다니까요. 정 그러시면 저희가 다시 한번 집 안을 살펴볼 테니까 탐정… 선생님은 아파트 주변을 수색해주세요. 아니다, 그것보다 집 안 수색은 아내에게 맡기고 우리 두 사람이 나가보는 게 좋겠네요."

관식은 남자의 눈을 보고 말했다.

"이미 두 분이 집 안을 찾아봤으니 이번에는 제가 보는 것이 좋지 않을까 합니다."

"다 찾아봤…."

"그래요. 그럼."

여자가 일어서며 말했다.

"집 안은 탐정 아저씨가 살펴보는 게 나을 거 같아. 난 복도를 살펴볼게. 놓친 부분이 있을 수도 있으니까. 당신은 경비 아저씨하고 차 밑 같은 데 살펴보고 있어."

남자는 사료가 들어 있는 비닐봉지를 손에 들고는 굳은 표정으로 문을 열고 나갔다. 여자가 관식에게 말했다.

"집 안에 없으면 어떤 순서로 찾게 되나요?"

"우선 방범 카메라를 확보해서 고양이가 사라진 방향을 알아내야 합니다. 그런 다음 해당 방향에서 사라진 지점을 중심으로 작게 반경을 그려서 수색하는 거죠. 발견하지 못하면 반경을 조금씩 넓히는 겁니다. 너무 걱정하지 마세요. 고양이는 멀리 가지 않아요."

여자는 알겠다는 표정을 짓고는 문을 열고 나갔다. 두 집사의 관계 파탄을 막기 위해서라도 녀석을 꼭 찾아야겠다는 생각이 들었다. 관식은 심호흡한 후 집 안을 죽 둘러보았다.

정확히 10분 후 문이 시끄럽게 열리더니 두 사람이 동시에 뛰어 들어왔다.

　　　　　　　　　고양이 탐정 주관식의 분투

"어디 있어요?"

관식은 말없이 손가락으로 작은 방 벽에 붙어 있는 커다란 목재 책장을 가리켰다. 여자는 눈물범벅이 된 얼굴로 고개를 갸우뚱했다. 두 사람이 고양이 이름을 부르면서 수없이 그 책장 앞을 왔다 갔다 했을 것이다. 시리즈 만화책 20~30권이 두 무더기로 쌓인 채 책장 맨 아래쪽 앞에 놓여 있었다. 관식의 손가락은 아래쪽의 만화책 더미를 가리키고 있었다. 뭔가를 깨달은 남자 집사가 허리를 숙인 채, 만화책 더미 앞으로 다가갔다. 어디선가 부스럭거리는 소리가 들렸다.

"세상에…."

책장에 책을 꽂을 공간이 없어 맨 아래쪽 앞에 쌓아놓은 만화책 더미와 책장 사이 몇 센티미터도 안 되는 좁은 공간에 노란 고양이가 숨어 있었다. 고양이의 존재를 확인하고서야 두 사람의 입가에 웃음이 살아났다.

"그렇게 찾아도 보이지 않았는데… 저기 있을 거라고는 정말 상상도 못했어요. 어떻게 저기를 찾아볼 생각을 하셨어요?"

고양이는 언제 그랬냐는 듯 좁은 공간을 비집고 나와서 고기가 가득 들어 있는 금속제 사료 통에 머리를 들이밀었다.

"고양이는 머리가 들어갈 정도만 되면 어디든 비집고 들어가 몸 전체를 구겨 넣을 수 있는 동물입니다. 다른 곳은 두 분이 충분히 찾아보셨을 테니까 의외의 장소가 될 만한 곳 중 이 집에만 있는 특이점을 찾아보았죠. 조금 지나니까 만화책 더미가 눈에 들어오더라고요. 위에서 내려다보니 꼬리를 말고 책 사이에 딱 붙어 있는 녀석이 보이기에 바로 연락드린 겁니다."

"역시 전문가라 다르네요. 하하 이것 참."

키 182센티미터라는 신체 조건은 뭔가를 찾는 데 분명 유리한 점이다.

남자가 말을 이었다.

"그나저나 자두가 왜 거기 숨었을까요? 겁이 많은 아이라 낯선 택배 기사가 들어와서 숨은 건 그렇다 치고 우리가 그렇게 부르는데도 왜 안 나왔을까요? 다른 사람 목소리도 아닌데 말이죠."

"고양이는 소리에 민감합니다. 아마도 집사님 목소리가 평상시와 많이 달랐을 거예요."

두 사람은 고개를 끄덕였다. 사람이 동물을 기르고 돌보는 것이지 그 반대는 아니다. 그렇지만 동물이 사람에게 주는 정서적 안정감은 생각보다 깊고 넓다. 고로 잃어버린 반려동물은 반드시 되찾아야 한다. 사례는 따

고양이 탐정 주관식의 분투

뜻한 커피 한 잔으로 충분하다. 관식은 두 집사가 다시 찾은 고양이에게 정신이 팔린 틈을 타서 조용히 집을 빠져나왔다.

학창 시절에 집에서 강아지를 기른 적이 있었다. 외국에 살던 숙모가 관식의 여동생에게 선물한 제비라는 이름의 작고 하얀 강아지였다. 그런데 기르기 시작한 지 1년이 채 안 된 어느 날, 제비가 집에서 사라졌다. 녀석이 텃밭을 자꾸 파헤치는 바람에 골머리를 앓았던 어머니가 관식이 친구를 만나러 나간 사이, 마침 집 앞을 지나가던 개장수에게 충동적으로 팔아버린 것이었다. 운이 좋지 않았다고 할까? 어머니는 후회가 되었는지, 다음 날까지 말이 없었다. 여동생은 며칠 내내 훌쩍거렸다. 하얀 강아지는 그렇게 관식의 마음속 깊은 어딘가에 존재의 증거를 남기고 증발했다.

수년이 흘러 겨울방학 때 집에 내려온 대학생 관식에게 어머니가 벼룩신문을 보여주며 말했다.

"요크셔테리어 한 마리 사자. 집에 있으면 좋을 것 같구나."

인터넷도 휴대전화도 없던 시절, 관식은 어머니와

함께 이북 출신 피난민들이 모여 사는 낯선 산동네를 헤맸다. 녀석은 그렇게 산동네 꼭대기 마을의 조그만 방에서 관식의 자주색 파카 안으로 숨어들었다. 집에 도착한 강아지는 온 가족에게 환영을 받았다. 몇 년 전에 팔아버린 제비의 환생. 어머니는 눈물이 그렁그렁했다. 어머니와 오빠의 예상치 못한 생일 선물에 여동생은 벌린 입을 다물지 못했다.

짱아는 우리 가족의 아낌없는 사랑을 받으며 정확히 15년을 살고 자신이 온 별로 돌아갔다. 몸이 아픈 여동생을 대신해 관식이 어머니와 함께 짱아를 뒷산에 묻어주었다. 몇 년 후 여동생도 세상을 떠났다.

동네 길고양이들을 돌보면서도 집 안에 들이기는 부담스러웠던 관식이 고양이를 기르게 된 건 계획에 없던 일이었다. 아파트 입구 풀숲에서 초라하게 떨고 있는 새끼 고양이를 차마 외면할 수 없었던 건, 그 옛날 사지로 팔려가는 강아지를 구하지 못했던 죄책감과 후회가 마음속 깊은 곳에서 관식에게 신호를 보냈기 때문일 것이다. 좋아하는 것과 함께하는 것은 차원이 달랐다. 관념이 떨어져나간 자리에 사랑이라는 새살이 천천히 돋

아났다. 호두를 기른 지 몇 달이 되지 않아 관식은 한국 대통령에게 개 식용 반대를 요청하는 공개편지를 보낸 프랑스 여배우의 용기에 머리를 숙이게 되었고, 그 옛날 맹자가 말한 측은지심을 논리를 넘어선, 존재의 뿌리 그 자체로 이해하게 되었다.

어떤 사람은 소, 돼지, 닭은 먹으면서 개고기를 먹지 말자고 하는 건 위선이며 일관성이 없다고 말한다. 창백한 주장이다. 모든 동물이 인간에게 똑같은 무게의 의미를 지니지 않는 건, 자기 자식을 남의 자식과 똑같이 대하는 사람이 없는 것과 같다. 인간의 생명이 특별하다는 사실을 받아들인다면 인간과 가장 가까운 동물의 생명권을 더 중시하는 게 전혀 모순되지 않는다. 만일 개 식용 금지 법안이 당파적인 이유로 통과되지 못한다면 관식은 국회 앞에서 1인 시위를 벌일 생각이다. 동참할 사람이 적어도 한 명은 더 있겠지 싶었다. 관식은 남은 커피를 한입에 털어 넣고 일어섰다.

멀리서 녹색불이 깜박인다. 아직 늦지 않았으니 달려오라는 듯이. 어림없다. 그래봐야 기다리는 시간은 2, 3분 남짓일 뿐. 건너가면 바로 아파트 입구인데 힘들게 오르막길을 뛰어 올라갈 이유가 없다. 관식은 흐르는 구름처럼 천천히 신호등 앞에 도착했다. 그늘 한점 없는 뙤약볕이다. 버스가 지나가고 신호등이 바뀔 찰나, 방음벽에 붙어 있는 낯선 뭔가가 관식의 눈에 들어왔다.

우리 삼식이를 찾아주세요.

고양이(수컷 성묘)/연한 갈색, 흰색

실종일: 2025년 ×월 ×일, 108동 솜다리아파트 부근

목줄 없음. 꼬리를 바짝 내리고 다님.

혹시라도 보시면 꼭 연락주세요.(늦은 밤과 새벽에도 괜찮아요.)

후사하겠습니다. ㅠㅠ

연락처: 010-××××-××××

신호등이 녹색에서 빨간색으로, 다시 녹색으로 바뀌었으나 관식의 눈은 전단지 속 고양이 사진을 그대로 응시하고 있었다. 고양이는 강아지와 달리 산책을 하지 않는 동물이다. 집 안에서 생활하는 고양이를 데리고 나온 게 아니라면… 문단속 실수일 가능성이 크다. 바보 같은…. 관식은 한숨을 내쉬며 휴대전화를 꺼냈다.

고양이 탐정 주관식의 분투

엘리베이터를 타고 내려가면서 그 일을 떠올렸다. 호두가 사라졌다는 아내의 전화를 받고 출근하던 발걸음을 돌려 집으로 돌아왔던 그날. 온몸의 피가 조금씩 증발하는 것을 느끼며 아내와 고양이를 찾아 헤매던 기억. 어둠 속에서 반짝이던 투명한 두 눈을 보았을 때의 흥분. 친구여, 인생의 카타르시스를 느끼려면 고양이를 잃어버린 후 찾기 놀이를 해보라. 단 한 번의 경험으로 충분하다. 물론 위험하니 적극적으로 권하진 않는다. 지하 주차장을 벗어나는 관식의 머릿속에 잿빛 고양이가 떠올랐다. 편의점 근처에서 가끔 보이는 녀석인데 건식 사료를 놓고 가면 곧잘 먹어서 산책하러 나갈 때는 사료와 빈 햇반 그릇을 꼭 챙기게 되었다.

그런데 녀석이 보름 이상 보이지 않는다. 길고양이는 수명을 3년 넘기기가 어렵다. 각종 질병과 위험에 노출되어 있기 때문이다. 자기들끼리 싸우다가 다쳐서 죽기도 한다. 사람으로 치면 20대를 넘기지 못하고 생을 마감하는 셈이다. 처음 관식을 만난 날, 잿빛 고양이는 밥을 달라는 뜻인지 관식을 향해 토끼처럼 통통 튀어왔다. 관식은 한없이 밝은 이 녀석에게 통통이라는 이름을 붙여주었다. 세상에서 관식만 부르는 이름. 녀석은 '통통아' 하고 부르면 알아들은 체했다. 관식은 편의점 주

153

변을 유심히 살피며 버스정류장 쪽으로 걸어갔다. 통통
이는 보이지 않았다.

장시간의 관찰에 따르면 남쪽 계단에서 흡연하는
주민들이 확실히 없는 시간은 자정 이후다. 관식은 아내
와 호두가 잠든 것을 확인하고는 까치발로 방을 나와
하늘색 운동화를 신었다.

200미터 가까이 뻗은 아파트 내 공용도로를 연노
란색 라이트가 양쪽에서 환하게 비추고 있었다. 관식
은 춤을 추듯 어깨를 들썩이며 도로 중앙을 천천히 걸
었다. 무선 이어폰에서는 비틀스의 '렛잇비'가 흘러나오
고 있었다. 비틀스 노래를 트로트 버전으로 곧잘 불렀
던 동기의 얼굴이 떠올랐다. 왕복 달리기를 마친 관식은
아파트 입구 쪽에 선 채로 호흡을 가다듬었다. 새벽 1
시. 지금 들어가면 아내가 깨려나. 목이 말랐다. 이 시간
에 커피를 마시면 수면에 방해가 되겠지만 방학인데 뭐
어떤가. 새벽 시간에도 절찬 운영하는 소박한 야외 카페
를 알고 있다. 관식은 아파트 단지를 벗어나 골목길을
천천히 내려갔다.

사물의 가치는 그것이 놓인 맥락에 의해 결정된다.

그런 의미에서 지금 관식에게 놀이터 구석에서 10년 가까이 버티고 있는 낡은 자판기에서 뽑아낸 커피보다 소중한 음식은 없다.

"음, 맛있다."

관식은 종이컵을 품위 있게 핥으며 침묵 속의 거리를 즐겼다.

목소리가 조금씩 커지고 있었다. 필로티 구조의 빌라 건물 안쪽이었다. 누군가를 찾는 떨리는 목소리. 관식은 건물 입구에 멈춰 섰다.

"삼식아, 삼식이 여기 있니?"

관식은 스마트폰 사진첩을 열었다. 삼식이. 낮에 전단지에서 본 녀석이었다. 빌라와 상가 건물 사이의 공간에서 누군가가 나오고 있었다.

"안녕하세요."

새벽 시간에 길에서 이런 식으로 말을 거는 건 예의가 아니지만 그걸 따질 겨를이 없었다. 여인은 뒷걸음질 했다. 등에는 배낭형 소형 케이지를 메고 있었다.

"삼식이 집사님이시죠? 낮에 전단지 봤습니다. 저도 솜다리아파트 주민이거든요."

관식은 과장된 손짓으로 위쪽을 가리켰다.

"…예…."

"아직도 찾고 있나 봐요."

여인의 경계심이 살짝 누그러졌다. 아주 젊지는 않지만 그렇다고 장년층도 아닌 애매한 나이. 위험을 감수하고 반려묘를 찾아 나선 여인 집사를 돕지 않는다면 남은 인생을 두고두고 후회할 것이다. 자판기 커피가 유난히 고팠던 이유가 이것이었나. 두 사람은 한 시간 동안 골목을 누볐다.

"탐정님이 분명히 근처에 있을 거라고 예상 동선을 말씀해주셔서 매일 밤 11시, 새벽 2시, 4시에 나오고 있어요. 주로 사람이 다니지 않는 시간에 이동한다고 들었어요."

반려묘를 찾기 전에는 어차피 잠을 못 이룰 테니 몸을 움직이는 게 백 번 나을지 모른다. 두 사람은 아파트 입구 계단을 오르기 시작했다. 새벽 2시가 넘은 시각이라 공공 보행로 계단에서 담배 연기를 내뿜는 놈은 보이지 않았다.

"오늘 감사했어요."

여인은 마지막 계단을 밟고는 108동 방향으로 돌아섰다. 누군가 말했다. 인격은 뒷모습에 서려 있다고. 슬프면서도 슬픔에 매몰되지 않은 뒷모습. 집에서 잠시 쉬며 눈물을 떨구고는 마음을 다잡으며 야식을 입에 욱

여넣은 후 파이팅을 외치며 케이지를 들고 다시 집을 나설 것이다. 희망과 절망의 상호 밀어내기. 고양이를 잃어버렸다가 52일 만에 집 근처에서 찾았다는 기사를 본 적이 있다. 52일을 생지옥에서 살았다는 이야기다. 이름 모를 고양이 탐정이 포기한 삼식이를 관식이 찾을 수 있을까?

"집사님?"

여인이 고개를 돌렸다.

"소개가 늦었습니다만 저도 고양이 찾는 일을 하고 있습니다. 보다시피 이런 복장이라 명함은 드릴 수 없지만요."

여인은 놀란 표정을 지었다.

"괜찮으시다면 제게… 정식으로 의뢰하시겠습니까?"

"저는…."

"105동 10층에 살고 있습니다. 같은 아파트 주민이니 부담 갖지 마시고요."

관식은 실밥이 떨어져나가기 시작한 조그만 머니클립에서 동과 호수가 선명히 찍혀 있는 주홍색 입주자 출입 카드키를 꺼내서 여인에게 보여주었다. 관식의 신분 보증서를 확인한 여인은 입술을 깨물었다. 카드키에 사진이 박혀 있지 않아서일까. 관식은 단호하면서 신중한 눈앞의 여인이 어쩌다가 반려묘를 잃어버렸는지 무척이나 궁금해졌다.

"꼭 지금이 아니라도 좋으니까…."

"부탁드려요."

여인은 숨을 길게 한 번 삼키고는 일그러뜨린 입술을 원래 모습으로 되돌렸다.

"우리 삼식이… 꼭 찾아주세요."

삼식이는 여인의 직장인 도서관 근처에서 살던 길고양이였다. 하루 세끼를 꼬박 챙겨 먹는다고 해서 직원들이 삼식이라는 이름을 붙여주었다. 다들 녀석이 언제 나타났는지, 몇 살인지, 심지어 수컷인지 암컷인지도 몰랐다. 도서관 안으로 들어와서는 시원한 바닥에 껌처럼 붙어 낮잠을 즐기기도 했고, 직원에게 애교를 부려 간식을 얻어먹기도 했다. 고양이를 보러 도서관에 오는 초등학생들도 꽤 있었다. 사람을 잘 따르는 고양이였다. 도서관의 어엿한 명예 직원이 겨울을 잘 보낼 수 있게 여인을 포함한 직원 몇 명이 도서관 입구 근처에 고양이 집을 마련해주었다.

고양이 탐정 주관식의 분투

1년이 지난 어느 날 삼식이가 사라졌다. 하루에도 몇 번씩 출근부에 도장을 찍던 녀석이 3일 넘게 나타나지 않자, 직원들이 조를 짜서 주변을 살피기 시작했다. 근처 아파트 단지의 풀숲에서 녀석을 발견한 건 여인이었다.

　"신장에 문제가 있었어요. 의사는 선천적인 장애라고 하더라고요. 더 이상 길에서 생활해서는 안 되는 상황이었죠. 제가 삼식이를 입양하기로 하고 직원들에게 동의를 얻었어요."

　직원들에게 얻어먹은 염분 높은 간식이 독이 되었을 것이다. 관식이 말했다.

　"삼식이가 사라졌을 때의 상황을 말씀해주세요."

　"도서관 확장 공사 때문에 야근이 잦았어요. 그날도 3일 연속 야근하고 퇴근했는데… 다음 날 평소보다 일찍 출근해야 해서 마음이 무거웠죠. 밤에 음식물 쓰레기를 버리려고 문을 열었는데 배출 카드를 책상 위에 놓고 온 걸 알았죠. 엘리베이터가 올라오는 중이었고요. 한쪽 신발만 벗은 채 방에 들어가서 카드를 가지고 다시 나올 때까지 10초가 채 안 걸렸을 거예요."

　"…"

　"쓰레기를 버리고 집에 들어오자마자 침대에 쓰러

져 잠들었어요. 삼식이가 사라진 건 다음 날 아침에…
알았어요."

여인의 눈 아래쪽이 빨개졌다.

"두 시간 동안 집과 건물 내부를 찾아보다가 도서
관에 결근 신청을 하고 고양이 탐정에게 연락했어요. 동
물보호정보시스템과 포인핸즈에 등록하고, 생활 마켓에
올리고 전단지도 붙였어요. 그런데… 5일째 아무 연락
이 없네요."

지은 지 겨우 2년이 지난 신축 아파트와 미로 같은
빌라촌 골목은 길 잃은 고양이가 생존하기 좋은 환경이
아니다.

"집을 나온 삼식이를 본 사람이 있었나요?"

"밤에 운동하려고 계단을 걸어 내려오던 주민이 봤
다고 연락이 왔어요. 건물 입구 우편함 옆 게시판에 전
단지를 붙였거든요. 1층과 2층 사이 계단 구석에 갈색
과 하얀색이 섞인 조그만 고양이가 앉아 있는 걸 봤다
고 했어요. 근처 길고양이가 아파트에 들어온 줄 알고
별생각 없이 지나쳤다고 해요."

여인의 목소리가 떨렸다. 그렇다면 삼식이는 6층에
서 계단을 통해 내려왔다고 봐야 한다. 관식은 잠시 뜸
을 들이고는 말을 이었다.

"시간은요?"

"밤 11시 조금 전이었어요. 제가 쓰레기를 비우고 집에 들어온 직후예요."

"건물 밖에서 삼식이가 방범 카메라에 잡혔나요?"

여인은 고개를 저었다.

"관리소장님이 도와주셔서 탐정님과 카메라를 모두 확인했는데 1층의 지상 출입구에서는 삼식이가 보이지 않았어요. 어쩔 수 없이 지하 출입구 카메라도 확인해야 했어요."

세 개 층의 지하 출입구는 넓은 주차장으로 연결되어 있다. 관식은 종이컵을 놓고 자리에서 일어섰다.

"직접 확인하는 게 좋겠습니다."

지하 출입구로 내려가는 동안 여인의 눈동자는 쉴 틈 없이 움직였다. 엘리베이터가 열리고 두 사람은 커다란 유리문 앞으로 다가갔다. 유리문 옆에 계단이 보였다. 여인이 천장에 달린 출입구 카메라를 가리키며 말했다.

"보시는 것처럼 카메라가 비추는 각도가 지상보다 조금 위쪽이에요. 사람은 잘 비추지만 문 아래쪽에서 드나드는 작은 고양이나 강아지가 문을 통과해서 방향을 꺾으면 보이지 않을 수도 있겠다고 탐정님이 말하더라고요."

유리문 앞에 다가서니 문이 소리 없이 열렸다. 관식이 혼잣말을 했다.

"그날 밤 11시 이후 지하 출입문으로 드나든 사람이 있었다면…."

문밖으로 나가는 삼식이를 본 사람이 있을까? 여인이 관식의 독백을 받았다.

"방범 카메라를 확인했더니, 그날 밤 11시 23분과 자정 넘어 12시 12분에 각각 지하 2층과 1층 출입문이 열렸어요. 두 사람 모두 카드키를 통해 들어왔고요. 108동 주민이었죠."

얼굴을 확인해도 어디 사는 누군지를 알려면 가가호호 방문해야 한다. 한 층에 네 가구, 총 15층이니까 60가구, 아니 59가구. 관식이 얼굴을 찌푸리고 있을 때, 여인이 휴대전화를 열었다.

"입주민 단톡방이 있어요."

여인은 톡방에 자신이 올린 글과 사진을 보여주었다. 그러고는 공감과 위로의 글들 사이에 있는 두 건의 짧은 글에 손가락을 올렸다. 방범 카메라에 잡힌 두 사람이 올린 것으로 보였다. 삼식이는 그날 밤 지하 1층과 2층 출입구로 나가지 않았다. 그렇다면….

두 사람은 계단을 통해 가장 아래층까지 내려왔다. 지하 3층의 출입문이 활짝 열려 있었다.

"…낭패군."

"삼식이 집을 나가기 전날, 센서에 문제가 생겨 열어놓았다고 하더라고요. 지금까지 이런 상태예요."

유리문 바깥으로 넓게 펼쳐진 지하 주차장이 관식의 눈에 들어왔다. 한낮에도 한밤중처럼 느껴지는 공간. 차는 물론이고 운전면허증도 없는 관식이 평소에 드나들 일이 없는 공간이다. 탐정과 여인은 저 어두운 공간 구석구석을 샅샅이 뒤졌을 것이다. 여인은 등에 멘 소형 케이지의 끈을 조이고 있었다. 관식은 몸을 돌려 입구를 바라보았다. 삼식이가 정말 저 문으로 나갔을까? 관식은 자신의 어리석음에 혀를 찼다.

"계단으로 돌아가서 확인할 게 있습니다."

여인은 휴대전화를 다시 열어 관식에게 사진을 내밀었다. 얼핏 아무것도 없는 바닥인 듯했으나 자세히 보니 이등변삼각형 모양의 하얀 털 조각이 눈에 들어왔다.

"탐정님이 그날 낮에 지하 2층과 3층 사이 계단에서 발견한 거예요. 삼식이 털이 맞아요."

역시 탐정은 탐정이다. 관식은 입술을 깨물며 고개를 끄덕였다. 그날 지하 3층 유리문이 열려 있지 않았다면… 고양이의 가출은 아마 실패로 끝났을 것이다.

여인은 길게 한숨을 쉬고는 말을 이었다.

"주차장 안에서 무슨 일을 당하지는 않은 것 같아요. 탐정님과 제가 구석구석 살폈거든요."

주차장 입구 쪽에서 오토바이 한 대가 들어오더니 두 사람을 지나쳐 107동 쪽으로 사라졌다. 길 잃은 고양이에게 어두운 지하 주차장은 칼이 날아다니는 암실과 다름없는 곳이다.

"지하 3층은 107동과 108동 두 동하고만 연결되어 있죠?"

여인은 질문의 의미를 바로 이해했다.

"예. 107동 지하 출입구 방범 카메라도 확인했는데, 그날 밤 11시 이후부터 제가 내려왔던 다음 날 아침 7시까지 지하 3층으로 드나든 사람은 오토바이 배달원 한 명이 유일했어요. 탐정님이 전화로 확인했는데 고양이를 본 적은 없다고 했고요."

어려운 수학 문제를 풀 때 기본 원칙이 있다. 먼저 경우를 나누고 접근할 수 있는 것부터 시작해야 한다. 삼식이 실종의 경우, 가능한 경우는 세 가지다. 첫째, 삼식이가 지하 주차장 출구로 나가서 빌라촌 어딘가에 있다는 가설이다. 여인이 휴대전화를 뒷주머니에 넣으며 말했다.

"오늘 감사했습니다. 전 이제 출근해야 하거든요."

"그럼…."

"혹시 좋은 소식 있으면 연락 주세요."

말을 마친 여인은 출구 쪽으로 걸어갔다. 아마추어 탐정은 입맛을 다시며 여인이 사라진 방향을 바라보다가 주차장 입구 쪽으로 천천히 발걸음을 옮겼다. 이제 두 번째 가능성을 확인해봐야 한다.

입구 오른편에 경비실이 보였다. 자동차가 자주 들어오는 곳이라 고양이가 다니기에 위험하다. 만약 삼식이가 지하 주차장 출구가 아닌 입구를 통해 밖으로 나왔다면…. 관식은 입구 근처의 방범 카메라 위치를 하나하나 확인했다. 탐정과 여인도 이미 아파트 내의 모든 방범 카메라를 확인했을 것이다. 어두운 길을 터벅터벅 걸어가던 고양이는 무슨 생각을 했을까. 관식의 눈에 뭔가가 들어왔다. 108동 건물과 주차장 입구 사이의 조그만 공간이었다. 입구로 올라와서 왼쪽으로 틀면 곧바로 만나는 곳. 안쪽을 보니 잔디밭이 길게 이어져 있고 관목들도 있었다. 만약 삼식이가 저리로 들어갔다면…

방범 카메라에 찍히지 않았을 것이다. 관식의 호흡이 빨라졌다.

"저기요, 선생님."

관식은 몸을 돌렸다. 경비실 직원이 다가오고 있었다.

"실례지만 아파트 주민이세요?"

직원은 하얀 이를 드러내며 말을 이었다.

"그 안쪽은 출입 금지 구역입니다."

관식은 입주민 카드를 보여주었다.

"105동 주민입니다. 저 안쪽 잔디밭도 아파트 공간인데 왜 출입 금지인지…."

젊은 직원은 더없이 친절한 미소를 유지하며 말했다.

"경사면에 지은 아파트라 건물 안정성 때문에 여유분으로 남겨둔 공간이거든요. 저희도 잔디 관리할 때만 한 달에 한 번 정도 들어가는 게 다예요. 잔디하고 관목 대여섯 그루 말고는 아무것도 없습니다."

관식은 고개를 끄덕였다.

"고양이가 사라져서 찾는 중입니다."

직원이 눈을 껌뻑이며 말했다.

"거참. 이틀 전에도 108동 주민분이 같은 말을 했

고양이 탐정 주관식의 분투

는데….”

관식은 입맛을 다셨다. 그러면 그렇지.

“어떤 남자분하고 같이 찾고 있더라고요. 제가 마침 저 안에서 작업을 하고 나오던 중이었거든요. 셋이 꽤 찾아다녔습니다. 남자분이 여자분에게 아무래도 고양이가 빌라 쪽으로 간 것 같다고 이야기하더군요. 혹시라도 아파트 단지 내에서 하얀색과 갈색이 섞인 고양이를 발견하면 알려주기로 했습니다.”

직원이 작업한 이후에 삼식이가 출입 금지 구역에 들어갔을 가능성도 눈곱만큼은 남아 있다. 관식은 손가락으로 잔디 쪽을 가리키며 말했다.

“혹시 모르니까 한 번 들어가 봐도 될까요? 10분 안에 나오겠습니다.”

직원은 어깨를 으쓱하고는 경비실 쪽으로 발걸음을 돌렸다.

공간은 오른쪽으로 휘어져 길게 이어져 있었다. 안쪽은 생각보다 넓었다. 관식은 잔디의 푹신한 감촉을 느끼며 바닥을 살폈다. 고양이 발자국은 없었다. 전체를 살피는 데 오래 걸리지는 않았다. 잔디밭은 2미터 정도 되는 콘크리트 벽으로 막혀 있었다. 오케이. 발걸음을 돌리려는 관식의 눈에 뭔가가 들어왔다. 땅이 살짝 솟아올라 있었다. 거의 눈에 띄지 않을 만큼의 높이였다. 가까이 가서 내려다보니 잔디를 새로 심은 흔적이 보였다.

몇 년 전 인터넷에서 본 기사가 떠올라 관식의 심장이 쿵쾅거리기 시작했다. 청소하느라 잠깐 열어놓은 문으로 고양이가 나갔는데 아파트 건물 밖으로 나온 고양이를 관리인이 돌을 던져서 죽이고 근처에 묻은 사건이었다. 관식은 경비실 직원이 조금 전에 한 말을 상기했다.

'마침 저 안에서 작업을 하고 나오던 중이었거든요.'

아니야. 아닐 거야. 그렇다면 들어가도 좋다고 했을 리가 없잖아. 어쨌든 확인할 필요는 있다. 불룩한 땅이 솟아오르며 고양이가 펄쩍 튀어 나올 것 같았다. 관식은 손으로 천천히 흙을 팠다. 비닐로 잘 포장된 우유 팩이 흙 속에서 모습을 드러냈다. 우유 팩 안에는 거즈로 감싼 개구리 사체와 조그맣게 접힌 쪽지 석 장이 들어 있었다. 쪽지에는 깨알 같은 글씨로 불쌍하게 죽은 개구리의 명복을 비는 내용이 적혀 있었다. 눈물로 써 내려간 편지. 사체를 싼 하얀 거즈에서 따뜻함이 느껴졌다. 그러다 불현듯 냇가에서 잡은 개구리를 땅바닥에 패대기치며 놀던 어린 시절이 떠올랐다. 세 명의 어린 학생은 분명, 그 시절 관식보다 성숙한 존재들이다. 아이들은 아무도 가지 않을 장소라 여겨 학교 수업 시간에 해부 실험으로 희생당한 개구리를 이곳에 묻었으리라.

"관리소장님이 협조적이라서 그나마 다행이야. 방범 카메라 확인해보고 애매한 곳은 직접 가서 봤는데, 결론은 아파트 단지 내에서는 삼식이의 흔적을 볼 수 없었다는 거야. 삼식이 집사가 빌라 골목에 주목하는 이유지."

관식은 와인을 마시는 아내를 물끄러미 바라보다가 말을 이었다. 야근한 날이면 꼭 자신에게 주는 선물이라며 한 잔을 마시곤 한다. 호두가 발아래에서 장난감을 따라 바삐 움직이고 있었다.

"당신은 삼식이가 어디 있는 거 같아?"

아내가 와인 잔을 내려놓으며 말했다.

"사람을 잘 따르는 아이였다며."

역시, 아내도 관식과 같은 생각을 하고 있다. 세 번째 가능성.

"나도 삼식이가 108동 건물 안에 있을 가능성이 높다고 생각해."

아내는 고개를 끄덕였다.

"삼식이 집사도 같은 생각을 하고 있을 거야. 다만 방법이 없어서 실행을 못하고 있겠지. 남의 집에 들어가 수색할 수는 없으니까."

관식의 얼굴이 굳어졌다. 아내가 말했다.

"입주할 때 관리 사무소에 입주민 서류 낸 거 기억나?"

"그게 왜?"

아내는 난센스 퀴즈라도 내는 가벼운 말투로 말을 이었다.

"서류 작성하면서 당신이 신기하다고 말한 항목이 있는데… 여기 참 좋은 아파트라고 하면서 말이야."

고개를 갸우뚱하던 관식의 머릿속에서 약한 불이 살짝 들어왔다. 관식은 시간을 확인했다.

"슬슬 나가봐야 할 거 같아. 늦을 테니까 먼저 자."

아내는 어깨를 으쓱했다.

"잘해봐."

가족으로 보이는 갈색 고양이 두 마리가 건식 사료를 담은 커다란 플라스틱 그릇에 머리를 박고 있었다. 관식은 한숨을 쉬었다.

"빌라촌에 길고양이가 이렇게 많은 줄 몰랐네요."

수많은 길고양이가 삼식이 덕분에 야간 간식의 혜택을 보고 있다.

"요즘은 동네 고양이라고 불러요."

도둑고양이에서 길고양이로, 다시 동네 고양이로. 다음에는 뭐로 불릴까. 아니 부를 수 있을까. 관식은 차라리 해당 언어가 사라졌으면 좋겠다고 생각했다. 좋은 의미에서 말이다. 내심 잿빛 고양이 통통이를 만날 수 있지 않을까 기대했으나 녀석은 보이지 않았다.

한 시간 뒤 두 사람은 아파트로 걸어 들어왔다. 여인은 새벽에 다시 나갈 것이다.

"잠깐 시간 좀 내주세요. 삼식이 관련해서 드릴 말씀이 있습니다."

두 사람은 108동과 107동 사이에 있는 원형 나무 벤치에 적당히 거리를 두고 앉았다. 자정이 다가오는 시각이었지만 통행로를 비추는 불빛이 은은했다. 관식은 다음에 나올 때는 텀블러에 커피를 담아 와야겠다고 생각했다. 그는 여인에게 낮에 있었던 수색담을 상세히 말했다. 그날 아파트 내에서 삼식이를 본 사람도 카메라도 없다. 관식은 개구리 무덤 이야기를 건너뛰고는 자연스럽게 말을 이었다.

"그렇다면… 108동에 거주하는 누군가가 삼식이를 '보호'하고 있지 않을까 해서요. 빌라촌 수색과 건물 내 수색을 동시에 진행하는 건 어떻습니까? 역할을 분담해서 말입니다."

"지하 3층까지 내려온 삼식이가 밖으로 나가지 않고 다시 계단으로 올라갔을까요? 전 그 부분이 의심스러워요." 여인이 말했다.

"그날 밤에 배달원이 지하 3층으로 왔다고 했잖아요. 유리문 가까이에 오토바이를 세워놓고 배달 음식을 들고 들어갔고요. 어두운 공간에서 들리는 시끄러운 오토바이 소리에 놀란 삼식이가 도로 계단으로 올라갔을 수도 있어요."

여인은 한숨을 쉬었다.

"59가구를 모두 뒤질 수는 없잖아요."

관식은 고개를 끄덕였다.

"맞아요. 가능한 한 줄여봐야죠."

관식은 오른손으로 눈앞의 건물을 가리켰다.

"당일 밤 11시에 음식물 쓰레기 버리러 가느라 문

을 열었다고 했잖아요. 그 시간에 삼식이가 집을 나왔을 테니 밤 11시 이후에 108동 주민 중 누군가가 삼식이를 납치해갔을 가능성도 있습니다."

여인의 표정으로 보아 여기까지는 이미 생각하고 있었던 듯했다.

"두 번째로… 음, 이게 중요한데 만약 계단이나 복도에서 돌아다니고 있는 삼식이를 납치했다면 고양이를 기른 적이 없는 사람일 겁니다. 뭐 어디까지나 가능성입니다. 지금으로선 확실한 게 없으니까요."

"…"

지금부터가 중요하다.

"이 아파트는 지은 지 1년 된 신축입니다. 입주할 때 등록 서류를 관리실에 제출하죠. 거기에…."

여인의 눈이 반짝했다.

"기억나요. 반려동물 체크란이 있었어요. 강아지와 고양이 그리고 기타 동물, 세 항목이었어요."

관리소장은 이 일에 협조적이다. 사정을 말하고 입주민 등록 서류의 해당 항목을 확인해달라고 하면 협조할 가능성이 있다. 관식이 협조를 요청해야 할 사람이 한 명 더 있다.

"한 가지가 더 있습니다. 물론 앞의 두 가지 추리가

맞다는 전제가 있지만요."

"뭔가요?"

여인의 목소리가 울렸다. 관식은 주변을 둘러보며 속삭이듯 말했다.

"만약 삼식이를 납치한 자가 고양이를 기르던 사람이 아니라면 사료를 사야 할 겁니다. 인터넷으로 주문하면 문 앞에 배송된 상자를 누가 볼 수도 있습니다. 상자에 물품 표기가 되어 있으니까요. 즉 사료를 직접 샀을 가능성이 큽니다. 정리하면 다음과 같습니다."

1. 삼식이 실종 당일 밤 11시 전후로 집에서 나온 사람
2. 입주민 등록 서류에 고양이 체크란이 비어 있는 사람
3. 최근 며칠 사이에 고양이 사료를 산 사람

이 세 가지에 모두 해당하는 사람의 집이 일차 수색 대상이다. 물론 이 추리에는 빈틈이 많다. 우선 그날 밤 11시 전후로 집에서 나온 사람을 확인하기 어렵다. 하지만 그 시간에 1층 출입구로 나오거나 들어간 사람을 확인할 수는 있다. 범인이 집 문을 열고 복도 또는 계단에서 삼식이를 납치한 후 집 밖으로 나오지 않았다면 1번은 무용지물이다. 2번도 문제다. 1년 전 서류

를 작성할 때는 고양이를 기르지 않았지만, 그 후에 고양이를 들였을 수도 있기 때문이다. 입주 이후 반려동물을 새로 들인 경우에는 따로 관리실에 신고하지 않기 때문에 여기에도 빈틈이 있다. 3번도 마찬가지다. 사료를 구입한 가게를 어떻게 찾을 것인가.

관식의 말을 듣고 한참 동안 생각하던 여인이 천천히 입을 열었다.

"말씀하신 대로 하나하나 모두 빈틈이 있어요. 그래서 고양이 탐정님도 딱히 이야기하지 않았던 것일 테고요. 그런데 이야기를 듣고 다시 생각해보니… 세 가지가 모두 '겹치는' 입주민이 있다면 한 번 확인해볼 필요는 있겠네요. 모두 겹치는 것도 어색하기는 하니까요."

빙고, 바로 그거다. 하나하나의 확률은 의미가 없을지 몰라도 그것들이 겹치면 이야기가 달라진다. 불가능을 가능으로 전환하는 곱하기의 힘. 수학 교과서에 '확률곱셈정리'라는 재미없는 이름으로 나오는 무서운 개념. 삼식이를 찾기 위해서 지금 할 수 있는 일을 다 하지 않는다면 후회와 눈물의 바다에 잠긴 채, 신선한 공기와 차단되어 평생을 살아갈 수도 있다. 두 사람은 아침 7시에 관리실 입구에서 만나기로 하고 헤어졌다.

먼저 방범 카메라를 통해 삼식이 실종 추정 시각인 밤 11시경에 108동 건물을 드나든 사람들을 확인했다. 모두 열 명이었다. 다음으로 해당 시간의 엘리베이터 내 카메라와 연동해 그중 아홉 명이 엘리베이터를 타고 내린 층수를 확인하고, 엘리베이터 안팎으로 드나드는 각도를 분석해 몇 호에 사는 사람인지 추측했다. 한 층에 네 가구가 사는데 두 가구씩 반대 방향에 위치하기 때문에 엘리베이터를 타거나 나가는 방향을 보면 어느 집에 사는지 50퍼센트의 확률로 알아맞힐 수 있다. 한 명은 계단으로 올라갔는지 엘리베이터를 타지 않았다. 관리소장은 본인이 입주 서류를 확인해서 가부만 알려주는 조건으로 두 사람의 부탁을 수용했다.

아파트 호수가 확인된 아홉 명 중 입주 시 고양이를 기르지 않은 사람은 일곱 명이었다. 압축률 77.8퍼센트. 그리 훌륭한 성적은 아니다. 두 사람은 관리실을 나왔다.

관리실에서 나오는 여인의 표정이 어딘가 불편해 보였다. 관식은 여인의 얼굴에서 뭔가를 느꼈으나 굳이 묻지 않았다. 여인은 108동 건물을 힐긋 올려다보고는 조심스럽게 말했다.

"자리를 옮기는 건 어떠세요?"

애매한 시간대라 카페 안은 한산했다. 수예 동아리 회원들로 보이는 네 명의 여인이 큰 탁자에 앉아서 커피를 마시며 평화롭게 갖가지 색상의 수를 놓고 있었고, 창문 쪽 끄트머리에는 직장인으로 보이는 남성이 귀에 이어폰을 꽂은 채 심각한 표정으로 노트북 화면을 들여다보고 있었는데 눈과 입의 각도로 보아 걸그룹 동영상이 분명했다.

"아까 확인하지 못한 사람이 한 명 있었죠?"

자리에 앉자마자 여인이 입을 열었다.

"엘리베이터를 타지 않고 계단으로 올라간 사람이 한 명 있었습니다."

"누군지 알 거 같아요."

관식은 커피를 한 모금 마시며 여인이 한 말의 의미를 생각했다. 혹시 지인? 아니다. 어느 누구도 지인을 알 거 '같다'고 표현하지 않는다. 같은 동 주민이니 오가다 우연히 한두 번 대화를 나눈 사이? 그것도 어색하다. 알 거 같다는 말은 사람이 아니라 상황에 대한 표현이다. 그렇다면…!

"실종 다음 날 삼식이를 봤다고 전화한 사람이 있다고 하셨죠? 계단에서 봤다고 한 거 같은데…."

여인은 대답 대신 한숨을 쉬었다.

"통화할 때는 몰랐는데 지금 생각해보니까 확실히 자연스럽지 않아요. 그분이 고양이를 봤다고 하면서 이상한 말을 했거든요."

관식은 참고인 진술을 듣는 형사의 표정으로 깍지 낀 손을 앞에 놓고 여인의 말을 경청했다. 여인은 냉수를 한 모금 마시고 말을 이었다.

"기른 지 얼마나 되는 고양이냐고 물어보더라고요. 길에서 데려온 아이라고 말해줬어요. 그래서 나갔을 수 있다고. 신장이 아픈 아이라서 걱정된다고도 말했고요."

여인은 남은 냉수를 한 번에 들이켜고는 탁자에 조용히 내려놓았다. 화가 나면 물결처럼 차분해지는 동료의 얼굴이 떠올랐다.

그녀는 매일 밤 10시에 집을 나와서 커뮤니티 센터 헬스장에서 한 시간을 보낸 후 귀가하는 생활을 해오고 있었다. 아침에 출근할 때는 엘리베이터를 이용했기 때문에 그녀가 504호 입주민임을 아는 데 큰 어려움은 없었다. 관리소장에게 확인한 바에 따르면 504호의 입주 서류에 반려동물 체크란은 비어 있었다. 관식은 그날 저녁부터 근처 동물병원들을 방문해 습식 사료 캔을 사면서 최근에 고양이 신장 치료용 사료를 구입한 사람이 있는지 슬쩍 물어보았다. 그러던 중 지하철역 근처의 24시간 병원에서 한 직원이 사흘 전에 KD 습식 사료 63개를 모두 사간 사람이 있다고 말했다.

"한꺼번에요?"

치아 교정기를 착용한 간호사가 기억난 듯 말했다.

"몇 달 만에 사료가 들어온 날이거든요. KD 사료는 공급이 원활하지 않은데, 운이 좋은 분이었죠. 백팩에 상자 두 개를 넣고 양손에 한 상자씩 들고 갔어요. 배달해드린다고 했는데…."

관식은 과장된 표정을 지었다.

"병원에서 배달도 해주나요?"

오늘 아침에 고등학교를 졸업한 것 같은 간호사는 생글거리며 관식의 말을 받았다.

"근처 사는 주민한테는 퀵으로 배송해드리고 있어요. 일정 금액 이상이고 오후 5시 이전에만 가능해요. 거의 마감 시간이라 말씀드린 건데 거절하더라고요."

그로부터 약 30분 후 관식은 백팩을 메고 양손에

커다란 비닐봉투를 든 지친 표정의 용의자가 지하 3층 엘리베이터 입구로 들어서는 모습을 확인했다.

여인은 504호 벨을 지그시 눌렀다. 야외용 모자에 마스크를 쓰고 플라스틱 대롱이 연결된 노란색 병을 든 채였다. 문이 열렸다.

"안녕하세요. 아파트 소독 건으로 관리실에서 나왔습니다."

용의자는 고개를 갸우뚱했다.

"안내방송도 없었는데…."

"소독은 상시로 하는 업무라서요. 화장실 두 군데에 해드릴 거고요. 추가로 원하시는 곳 있으면 해드리고 있습니다. 2, 3분이면 됩니다."

용의자는 알겠다는 표정으로 문을 열었다. 한 층 위인 여인의 집과 똑같은 구조의 문이었다. 그래. 그날도 이렇게 문이 열렸을 것이다.

일은 금방 끝났다. 여인은 대롱을 병에 고정하며 말했다.

"반려동물 키우시죠?"

용의자가 어색한 웃음을 짓자 여인은 진지한 표정

고양이 탐정 주관식의 분투

으로 말을 이었다.

"화장실 배수구에 약을 뿌렸거든요. 고양이가 거길 핥을 수 있으니까 조심해야 합니다. 앞으로 세 시간 정도는 화장실 문을 닫아놓으세요."

용의자는 대답하지 않았다. 여인은 거실을 둘러보았다. 다른 두 개의 방과 달리 안방 옆의 작은 방이 닫혀 있었다.

"저도 고양이 좋아하는데 혹시 좀 볼 수 있을까요?"

"고양이… 안 길러요."

"그럼 이건 뭐죠?"

여인은 용의자의 실내복 바지를 가리키며 말했다. 청색 바지 아래쪽에 하얀 털이 덕지덕지 붙어 있었다. 용의자가 당황한 표정으로 바지의 털을 털어내는 동안 여인이 휴대전화를 열어 번호를 터치했다. 몇 초 지나지 않아 전화벨 소리가 울렸다.

"역시, 당신이었군요. 그날 우리 삼식이를 봤다고 전화한 사람, 맞죠?"

용의자는 그제야 자신 앞에 서 있는 사람이 누군지 알아차린 듯했다. 주인의 얼굴이 작은 방으로 향하는 순간, 여인이 재빨리 달려가 문고리를 잡았다. 문은 잠겨 있지 않았다. 여인은 액체가 든 병을 한 손에 든 채, 대롱을 용의자 쪽으로 향하며 말했다.

"더 다가오면 얼굴에 쏠 수도 있어요."

용의자는 포기한 듯, 거실 바닥에 주저앉았다.

"그 안에… 있어요."

여인은 고개를 끄덕이고는 한 손을 용의자를 겨눈 채, 나머지 손으로 조용히 그리고 천천히 문을 열었다.

삼식이가 쿠션 위에 있었다. 여인은 곤히 잠들어 있는 녀석에게 다가갔다. 창문 옆 나무 선반 안에 습식 사료 캔 수십 개가 쌓여 있었다. 여인이 바닥에 앉자 삼식이가 야옹 소리를 내며 일어나서 여인 쪽으로 걸어왔다. 여인의 손이 얼굴에 닿기 직전, 삼식이의 귀가 아래로 누웠다. 여인의 눈에서 눈물이 솟구쳤다.

그날 운동을 마치고 계단을 걸어 올라오는데 1층과 2층 사이 공간에 고양이가 웅크리고 있었어요. 길고양이가 아파트 안으로 들어온 줄 알았죠. 아파트 주민이 잃어버린 고양이라고는 생각하지 못했어요. 쓰다듬는 저를 피하지 않는 걸 보고 길고양이가 아닐 수도 있겠다는 생각이 살짝 들기는 했지만…. 집에 도착해 문을 열었는데 언제 따라왔는지 고양이가 저보다 먼저 집 안으로 쌩 들어갔어요. 밝은 곳에서 보니까 너무나 귀여운 고양이였죠. 그때 제가 마음을 정한 거 같아요.

여기로 이사 오기 전에 엄마와 함께 살았거든요. 엄마는 입주를 석 달 남기고 암으로 돌아가셨어요. 당첨되었다고 그렇게 좋아하셨는데…. 앞으로 좋은 일만 생길 것 같다고.

범인의 목소리가 잦아들었다. 혼자 사는 텅 빈 집에 선물처럼 나타난 새 가족.

"삼식이 주인이 아파트 주민이라는 건 전단지를 보고 알았나요?"

관식의 물음에 범인은 고개를 끄덕였다.

"정말 어이없을 정도로 황당하고 나쁜 생각이란 걸 알아요. 앙금이, 아니 삼식이는 며칠만이라도 함께 있고 싶을 만큼 사랑스러운 아이였죠. 그래서…."

"목격자인 척하면서 떠본 거군요. 만약 삼식이가 주인 없는 길고양이라면 죄책감이 덜할 테니까. 덤으로 삼식이에 관한 정보도 얻고 말이죠."

범인은 말없이 고개를 끄덕였다. 탁자 옆 케이지 안에서 삼식이가 신기한 듯 세 사람을 쳐다보고 있었다.

"믿지 않겠지만 몇 번이고 휴대전화를 열었다가 닫

앗어요. 내일은 데려다주자. 내일은 꼭. 그런데 퇴근하고 집에 와서 아이의 얼굴을 보면… 정말 죄송해요. 신고하셔도 달게 받겠…."

"그 병원에 KD 사료가 있다는 건 어떻게 아셨어요?"

"…"

"구하기 어려운 사료예요. 저도 못 구해서 CD 사료를 대신 주고 있었는데 그 병원에 사료가 있다는 걸 어떻게 알았는지 궁금해요."

범인이 대답했다.

"고양이 신장 치료에 그 사료가 좋다는 건 여러 자료를 통해 알았어요. 온라인 마켓에서는 도무지 찾을 수 없어서 근처에 있는 동물병원을 전부 돌기로 했죠. 역 근처에서 시작했는데 여섯 번째였나. 그 병원에 재고가 있었어요. 구하기 어려운 사료라서 최대한 많이 샀고요."

여인이 또렷한 목소리로 물었다.

"아까 삼식이를 다른 이름으로 부르셨죠? 돌려줄 생각이었다면서 굳이 이름까지 새로 지은 건 어떻게 생각해야 할까요?"

범인은 평온한 표정으로 대답했다.

고양이 탐정 주관식의 분투

"어머니가 팥을 좋아하셨어요. 정확히는 팥앙금이
요. 그래서 며칠 동안 앙금이라고 불렀어요. 다른 뜻은
없지만 좋지 않게 생각하셔도 할 말이 없습니다. 정말
죄송합니다."

"용서해주기로 했다고? 삼식이 집사가 마음이 넓은
분이네."

아내가 주스 잔을 들며 말했다.

"용서 정도가 아니라 원하면 언제든지 집사 집으로
와서 삼식이를 볼 수 있게 해줬어. 역시 한국인은 감수
성이 풍부한 거 같아. 뭐 엄마 이야기를 듣는데 나도 조
금 짠하더라고."

아내는 고개를 저었다.

"관계가 전혀 없다고는 못하겠지만 절도 행위를 용
서한 이유는 아마 그게 아닐 거야."

관식은 아내가 사과주스를 다 마실 때까지 기다렸
다가 말했다.

"…신장 치료 사료?"

아내는 고개를 끄덕였다. 관식이 곧바로 반론을
폈다.

"하지만 난 오히려 그 부분이 이해가 안 됐거든. 캔을 모두 쓸어 담아왔다는 거 말이야."

아내는 재미있다는 표정을 지었다. 범인이 동물 병원에 남아 있던 캔 63개를 싹쓸이했다는 사실과 삼식이를 돌려주려고 했다는 주장이 서로 충돌한다는 것은 관식이 여인에게 차마 말하지 못한 부분이었다. 그런데 아내는 지금 상황을 관식과 정반대로 이해하고 있다.

"캔을 몇 개 샀는지는 그리 중요하지 않아. 그 많은 동물병원을 찾아다녔다는 게 중요하지. 삼식이 집사가 그 대목에서 뭔가를 느끼지 않았을까?"

관식의 입에서 한숨이 나왔다. 스스로를 논리적이라고 생각하지만 항상 결정적인 대목에서 어긋난다. 그래, 그렇다. 집사에게도 범인에게도 가장 중요한 건 삼식이의 건강과 행복이어야 하니까. 자신에게 한 수 가르쳐준 범인에게 여인이 보답하지 못할 이유는 없다. 관식은 어깨를 으쓱하고는 랜턴과 사료를 챙겼다.

"이 밤에 또 어디 가? 삼식이 찾았잖아."

"그건 108동 주민 이야기고. 내가 찾는 녀석은 따로 있거든."

여인이 집에서 기르던 고양이가 삼식이라면, 통통이는 관식이 밖에서 기르는 고양이다. 탐스러운 잿빛 털에 호리호리한 몸매. 비바람이 우산을 뒤집던 날, 빗물이 뚝뚝 떨어지던 편의점 지붕 아래에서 커다란 눈망울로 관식을 쳐다보던 그 녀석이 눈물 나게 그리워졌다. 어디서 무엇을 하건 살아만 있어라. 아파트 단지를 벗어난 관식은 늠름한 표정으로 빌라촌 골목의 불빛을 향해 성큼성큼 걸어갔다.

열대야

오수린은 학교를 좋아했다. 90여 년의 역사가 있는 명문 고등학교라서가 아니다. 잘 가꾸어진 둘레길과 오래된 건물에서 느껴지는 기운이 좋아서였다. 일제강점기에 만들어졌다는 붉은색 벽돌의 도서관은 수린이 특히 좋아하는 곳이었다.

건물 벽에 왼 집게손가락을 댄 채, 콧노래를 흥얼거리며 도서관을 한 바퀴 돈 수린은 뒤쪽 주차장을 건너서 수풀 안쪽으로 들어갔다. 학생이나 교직원도 잘 다니지 않는 길이었다. 비가 그친 후라 새소리와 물소리가 투명한 공간 속을 엇갈려 흐르고 있었다. 메타세쿼이아 숲이 양쪽으로 펼쳐진 좁은 오솔길 주변을 잠시 둘러본 수린은 들고 온 봉지를 바닥에 내려놓았다. 고양이는 여간해서 서식지를 옮기지 않으니 걱정할 필요는 없다. 잠시 고민하던 수린은 봉지 위치를 조금 바꾼 후, 도서관 쪽 길로 돌아갔다.

점심시간이 끝나려면 아직 여유가 있었다.

여자는 주먹을 꼭 쥔 채 굳은 표정으로 길을 재촉하듯 걷고 있었다. 관식은 지하철역 계단에서부터 일정한 거리를 두고 따라 걸었다. 그녀는 누가 뒤따라오는

열대야

줄도 모른 채 휴대전화를 보고는 고개를 들어 주변을
두리번거리다가 다시 길을 재촉했다. 때 아닌 가정방문
이라도 하는 걸까? 할인점 앞에서 잠시 고민한 여자는
안으로 들어가더니 플라스틱 손잡이가 달린 견과류 상
자를 들고 나왔다. 관식은 고개를 끄덕였다. 적당히 가
다가 길이 갈라지면 모른 척하고 가면 그만이다. 그녀
가 피아노 학원을 돌아 2차선 도로 폭의 돌바닥 골목으
로 들어서자, 관식은 결국 말을 걸었다.

"추 선생님. 혹시 이 근처로 이사 오신 건가요?"

뒤를 돌아본 여자의 얼굴에 놀라움과 반가움이 올
라왔다.

"선생님…."

둘은 나란히 길을 걸었다. 이른 저녁 시간이고 여름
방학 전이기도 해서 주변은 여전히 환했다.

"학생이 연락도 없이 결석했는데 부모 양쪽 모두
전화를 받지 않는다는 거죠?"

"예. 지각 한 번 한 적이 없는 아이라…. 부모님이
라도 연락이 되면 좋을 텐데 문자도 없네요. 별일 없으
면 다행이지만. 아이 집이 학교에서 멀지 않아서 퇴근길
에 가보려고 한 건데…. 집 찾는 게 그리 쉽지 않네요."

관식은 학생이 걱정되어 부모라도 만나봐야 마음

이 놓일 것 같다는 젊은 교사의 열정에 경의를 표하고 싶었다. 그는 자신의 어설픈 초임 시절을 떠올리며 미소를 지었다. 부임하자마자 담임 업무에 방송반까지 맡은 추설아는 교내에서 열정 덩어리로 통했다. 지역 학교 간 수업 개발 연구 프로젝트에 참여해 부임 첫 학기에 장관상까지 받은 그녀는 같은 영어과 동료들의 질시를 한 몸에 받고 있었다. 오늘의 가정방문 사실이 알려지면 오지라퍼라는 소문에 시달릴 것이다.

"성적도 좋고 태도도 좋아요. 아마 주 선생님도 아실 거 같은데…."

"전 1학년 7반 수업은 하지 않는데요?"

추설아가 어깨를 으쓱하며 말했다.

"이 친구도 선생님처럼 학교 고양이 집사거든요. 부모님이 반대해서 집에서는 안 기른다고 하지만요."

사료 봉지를 들고 둘레길이나 급식소 혹은 도서관 뒤쪽 풀숲에서 나오는 여학생들을 몇 번 본 적이 있었다.

"여기 같은데."

추설아가 청색 맞배지붕이 보이는 고급 주택 앞으로 다가갔다.

"이상하네요."

벨을 누르고 문을 여러 번 두드려도 아무 반응이 없었다. 관식은 나무가 막고 있는 벽 옆으로 돌아섰다. 독특하게 조각된 벽돌 옆으로 거대한 유리창이 붙어 있었다. 관식은 벽돌에서 조금 떨어져 집 안쪽을 들여다보았다. 길게 쳐진 커튼 안쪽은 불이 꺼져 있는 듯 고요한 기운이 느껴졌다. 오후 6시도 되지 않은 시간이다. 하지만 방 안의 불만 켜고 거실 불은 끄고 사는 집도 얼마든지 있다. 추설아가 휴대전화를 꺼내 두세 번 전화를 걸더니 다시 뒷주머니에 넣으며 말했다.

"오늘은 그냥 가는 게 좋겠어요. 무슨 사정인지는 나중에 등교하면 물어보죠. 오늘 늦게라도 연락이 올 수도 있고요."

자전거를 탄 아이가 따르릉 소리를 내며 두 사람 사이를 통과했다. 비공식 가정방문에 실패한 담임교사를 시원한 커피 한 잔으로 위로해야겠다고 생각한 순간, 뭔가가 관식의 머리를 때렸다. 관식은 벽 옆으로 되돌아갔다. 벽 옆으로 연결된 거대한 유리창은 건물에 붙은 주차장이었다. 불이 꺼진 강화 유리창 내부에는 전기차 두 대가 충전기와 함께 쉬고 있었다. 종일 연락이 되지 않는 부모. 주차된 두 대의 자동차. 꺼진 불. 아무 일이 없을 수도 있다. 하지만… 불 꺼진 고급 주택에서

서늘한 바람이 불어왔다.

"경찰에 신고하는 게 좋겠습니다. 문제가 생긴 거 같아요."

세 사람은 거실 바닥에 잠을 자듯 평화롭게 누워 있었다. 남녀 어른 둘과 여학생 하나. 집 내부는 고요했다.

"이거 냄새가 심하네."

목창호가 거실로 들어오며 말했다.

"에어컨을 틀었는데도 그러네요."

선다형이 마스크를 건네며 말했다. 목창호는 손을 내저었다.

"선풍기라도 두어 대 가져와야겠군. 그나저나 어떻게 된 거야?"

"가스 누출로 인한 사망으로 보입니다. 누출 경보가 차단되어 있었어요."

목창호의 한쪽 눈썹이 위로 올라갔다.

"모두 거실에서 사망한 것 같습니다."

선다형은 뒷주머니에서 녹색 수첩을 꺼냈다.

"거실과 방 네 개, 화장실 세 개, 서재와 다용도실이 있습니다."

열대야

목창호는 수첩에 그려진 평면도를 힐끗 보고는 고개를 돌리며 말했다.

"집주인은 뭐 하는 사람이야?"

"벤처기업 대표예요. 나이는 쉰둘이고요."

말을 마친 선다형은 전화기를 꺼내서 몇 번 두드린 후, 화면을 목창호 쪽으로 돌려서 내밀었다.

"인명사전에 등재될 정도로 잘나가는 교수 출신의 벤처기업 대표라…."

선다형은 인터넷 포털 인명사전 등록은 본인도 할 수 있다는 말은 굳이 하지 않았다.

"아내는 마흔여덟 살이고 법조인입니다. 포털에는 보험 전문 변호사라고 나오네요."

목창호의 입에서 쓰읍 하는 소리가 들렸다.

"방이 네 개라고 했지?"

"예. 서재 옆에 있는 방은 철제 책상들로 봐서 책을 보관하던 곳 같습니다."

"역시… 지식인이라는 건가."

한여름인 7월에 보일러를 켤 이유는 없다. 누출 경보를 차단하고 가스를 켠 사람이 범인일 것이다. 집단 살인? 집단 자살? 그것도 아니면… 살해 후 자살?

"신고자가 학교 선생이라고 했지?"

"예."

선다형이 수첩을 덮으며 말했다.

"강남구에 있는 아인고등학교 교사예요. 여성이고요. 학생이 무단으로 결석했는데 부모님과도 연락이 안 돼서 퇴근길에 동료와 함께 방문했다고 합니다. 주차장에 자동차가 있는 걸 보고 이상하게 여겼다고 하는데…. 참. 처음 신고한 사람은 같은 학교 남자 교사였습니다. 중간에 담임인 여성 교사가 전화를 바꿔서 정식으로 신고한 거고요."

선다형은 현관 앞에서 여성 교사와 함께 심각한 표정으로 서 있다가 현장에 도착한 자신을 보고 놀란 표정을 짓던 주관식을 떠올렸다. 교사를 꿈꾸던 다형의 교육 실습 지도교사였던 관식을 그렇게 다시 만나게 된 것도 우연이라면 놀라운 우연이다.

목창호가 지시를 내렸다.

"창문과 거실 출입구 쪽으로 외부 침입 흔적이 있는지 확인해볼 필요가 있겠군. 주변의 방범 카메라도 포함해서. 물론 다용도실 안쪽에 있는 가스보일러도 상세히 점검해봐야겠지. 사망자 소지품, 특히 휴대전화 잘 챙기고. 그밖에 말할 게 있나?"

선다형이 부엌 구석에 있는 금속제 쓰레기통을 가

리키며 말했다.

"안쪽에 케이크가 통째로 버려져 있었어요. 초가 몇 개 꽂혀 있었고 그을음 상태로 봐서는 꺼지기 전에 버린 것 같습니다."

"초?"

목창호는 흥미롭다는 듯 턱을 매만졌다. 초가 꽂혀 있는 케이크라. 죽이기 전에 마지막으로 생일 축하 파티라도 해준 건지 궁금해하는 표정이었다.

"누구 생일인지 조사하면 나오겠지. 일단 여긴 이 친구들에게 맡기고 우린 피해자들… 이라고 하긴 이르겠지. 사망자들에 대해 알아보자고."

두 사람은 분주히 돌아다니는 감식 요원들을 뒤로하고 거실을 나갔다.

음료와 간식이 비치된 사내 무인 카페, 각종 잡지와 간행물이 진열된 소형 독서 카페, 낮잠을 자는 캡슐이 예상치 못한 장소에서 나타났다. 곡선을 따라 폭이 미묘하게 변화하던 복도의 끝에 다다랐다.

"회사 부대표이니 다른 누구보다 사정을 잘 알고 있을 걸로 생각합니다. 오남현 씨에 대해 아시는 대로 말씀해주세요."

안경을 밀어 올리는 남자의 손이 떨렸다.

"회사 일이든 개인적인 일이든 다 좋습니다. 최근에 어떤 문제가 발생했다든지. 아니면…."

"대표님이 혹시…."

남자는 목소리를 쥐어짰다.

"자살한 건가요?"

목창호와 선다형의 눈이 부딪쳤다.

"왜 그렇게 생각하시죠?"

남자는 마른기침을 하고는 또박또박 말했다.

"대표님은 우리 회사 그 자체입니다. 신기술 개발부터 시장 조사와 거래처 확보에 이르기까지 전부 직접 챙기셨죠. 회사가 좋은 반응을 얻는 건, 기술도 기술이지만 사후 서비스 덕분입니다. 라이프타임이라고 들어보셨나요? 한 번 거래하면 평생 보장한다는 뜻입니다. IT 업계에서 처음 라이프타임을 시행한 게 우리 회사입니다. 대표님 아이디어였죠. 4년 전부터는 의약학 업계에서도 주문이 들어오기 시작했습니다. 업계 순위가 상향 조정되면서 대표님은 회사 운영 방향을 조금 틀었습니다."

남자의 목소리가 가라앉았다.

"온라인 쇼핑 플랫폼의 주식 지분을 사들이기 시작한 겁니다. 이름만 대면 다 아는 플랫폼들입니다. 그런데… 작년 가을부터 예상치 못한 문제가 생겼습니다. S 플랫폼 부도 사태 말입니다. 그 후로 주식이 급락하기 시작했습니다. 온라인 플랫폼은 기술만으로 극복되는 게 아니니까요."

"손실액이 어느 정도인가요?"

선다형이 묻자 남자는 어깨를 한 번 들썩이고는 말을 이었다.

"정확한 액수는 대표님만 아십니다."

남자가 자살이라고 추측한 이유가 이것인가. 선다형은 알겠다는 표정을 지었다.

"회사 내 인간관계는 어땠습니까? 특히 가까웠거나 갈등을 빚었던 인사라던가. 아니면 최근에 해고당한 사람이 있다던가."

남자는 손을 내저었다.

"우리 회사는 사원 복지와 자율성을 가장 중요한 가치로 여깁니다. 출퇴근 시간이 자율적이고 업무 성과도 팀 단위로 이루어지기 때문에 개인이 받는 스트레스는 크지 않습니다. 팀원 구성도 기존 구성원들의 자유의사에 따라 조정이 가능하고요. 사내에 상담센터를 두어 직원들의 스트레스 관리에도 신경을 쓰고 있죠. 물론 경쟁이 없는 건 아니지만 대표님에 대한 직원들의 신뢰는 보통 회사와는 완전히 다릅니다. 저를 포함해서요."

"앞으로 회사 운영은 어떻게 되는 건가요?"

남자의 은회색 안경 너머로 눈물이 비쳤다.

"우선 주주총회를 열어서… 당분간 임시 대표… 체제로 가지 않을까 생각합니다. 뭐 총회에서 결정하겠죠. 결정할 일이 태산인데… 하. 이런 일은 정말이지…."

두 형사는 사원 명단을 받아 들고 자리에서 일어섰다.

조수석의 목창호는 종이컵을 손에 든 채로 생각에 잠겨 있었다.

"이 더운 여름에 뜨거운 종이 커피라니. 하여튼 계장님 자판기 사랑은 알아줘야 한다니까요. 어쨌건 백설탕은 몸에 안 좋아요. 병이 골목길 깡패처럼 갑자기 나타나는 거 같지만 자기 몸에 서서히 축적해온 무관심의 결과물이라는 거 아시죠?"

목창호가 웃으며 말했다.

"내가 고등학생 때부터 이걸 먹었거든. 학교 본관 1

층에 있는 매점에 들어가면 말이야, 입구 왼쪽 끄트머리에 커피 자판기가 있었어. 자판기 오른쪽 아래에 파란 버튼이 있었는데, 달콤한 밀크커피를 선택한 다음 그걸 누르면 설탕이 추가로 나왔지. 야간 자율학습, 아니 강제 학습의 정다운 동반자였단 말이야. 지금까지 계산해보면 수만 잔도 넘게 먹지 않았을까? 그러니 앞으로 몇 잔을 더 먹는다고 해서 건강에 큰 차이는 없을 거야. 아, 참고로 나 혈압도 혈당도 모두 정상이야."

목창호는 남은 커피 잔여물을 쪽쪽 빨아먹은 후, 종이컵을 색종이 접듯이 접어서 안주머니에 넣었다. 선다형이 핸들을 꺾으며 말했다.

"그나저나 아까 부대표 이야기 어떻게 생각하세요?"

"거짓말 같지는 않아."

"대표가 사망했다는 이야기를 듣자마자 자살을 언급했잖아요. 부대표는 회사의 피해 규모를 어느 정도 알고 있을 거예요."

목창호가 고개를 끄덕였다.

"오남현에게 회사 문제 말고도 우리가 모르는 또 다른 문제가 있을 수 있어. 아니면…."

"가족에게 더 큰 문제가 있을 수도 있고요."

선다형은 로펌 회사 건물 입구에 차를 세웠다.

"나중에 보자고."

조수석에서 내린 목창호는 건물 안으로 사라졌다.

사무실 벽에는 각종 상패와 자문기관에서 수여한 감사장들이 열을 맞춰 진열되어 있었다. 공들여 꾸며놓은 특이한 형태의 화초 화분과 그림, 사진들 덕분인지 딱딱한 느낌은 들지 않았다. 로펌 직원들은 하얗게 질린 얼굴과 잰걸음으로 목창호 앞을 교대로 왔다 갔다 하고 있었다. 베이지색 원피스 차림의 나이가 지긋해 보이는 여성이 말했다.

"대표 변호사님이 진행 중인 기업 소송만 열 건이 넘습니다. 최근에는 경찰청에 보험사기 사건 자문도 하셨고요."

목창호가 무표정한 얼굴로 말했다.

"회사 내부 일이나 업무와 관련해서 석지은 씨와 갈등을 겪은 사람은 없었나요? 최근 일이 아니어도 좋습니다."

여성이 단호한 표정으로 말했다.

"재판과 관련한 갈등 때문에 변호사가 피해를 본

다면 우리나라 변호사 태반은 병원이나 무덤에 있을 겁니다. 석 변호사님은 일에는 누구보다 치밀하면서도 대인관계가 화통한 분이었어요. 우리 회사 관계자 아무나 만나서 확인해보세요. 대표님 욕하는 사람은 없을 겁니다. 원하신다면 명단을 드리죠."

"부탁드리겠습니다."

여성은 믿을 수 없다는 표정으로 두 눈을 질끈 감았다.

석지은의 본래 전공은 산업공학이었다. 그녀는 명문 대학을 졸업한 후 대기업에 취업해서 안정된 삶을 살고 있었다. 우연히 친한 동료의 사고 처리를 도와주면서 관련 법을 독학했고 그 과정에서 자신의 재능을 발견해 진로를 바꾼 특이한 경우였다. 드러난 부분만 가지고 본다면 석지은 변호사는 보험 전문 변호업계의 내로라 하는 유명 인사였다. 큰 실수가 없다면 장래가 보장된 사람이었다.

종이를 받아 든 목창호는 엉망이 된 얼굴로 계속 훌쩍거리는 젊은 여성에게 인사를 하고는 사무실을 나왔다.

"이게 도대체 무슨 일인지."

추설아는 고개를 저으며 한숨을 쉬었다. 퉁퉁 부은 눈의 부기가 동그란 안경 밑까지 내려와 있었다. 맞은 편에 앉은 선다형이 미안한 표정으로 고개를 끄덕였다. 가끔 있는 교과 회의나 교사들의 일상적인 공간으로 사용되는 교사 휴게실에서 경찰과 면담하는 일은 그녀에게 꽤 어색한 일이었다.

"특별히 친한 친구가 있었다기보다는 학급 아이들과 두루두루 원만하게 지내던 아이였어요. 조금 더 가까웠던 아이들이 있기는 하지만요. 제가 아는 한 학급에서든 동아리에서든 갈등을 일으킨 적도 없어요. 성적도 우수한 편이었고요."

"오수린 학생의 부모님과 연락하거나 만난 적이 있습니까?"

추설아는 다문 입술 사이로 천천히 말을 밀어냈다.

"지난 3월 초, 그러니까 학년 초에 어머님이 오셨어요. 교실에서 다른 어머니들과 함께 학교 안내를 듣고 가신 것 외에 따로 연락을 한 적은 없습니다. 결석이나 지각, 조퇴와 같은 근태상의 특이 사항이 없었기 때문에 연락드릴 일도 없었고요. 아, 수린이 어머니가 문자를 주셨던 게 기억나요. 5월쯤에요."

추설아는 휴대전화를 열어 화면을 빠른 속도로 여러 번 터치했다.

"아이가 학교생활 잘하고 있냐는 통상적인 내용이었어요. 좀 뜬금없기는 했지만, 수린이 어머니의 직업을 알고 있었기 때문에 바빠서 이런 식으로 안부 인사를 한다고만 생각했죠."

추설아가 휴대전화 화면을 선다형에게 보여주었다. 노란색 바탕화면에 섬처럼 떠 있는 짧은 문장 두 개가 선다형의 눈에 들어왔다. 선다형은 수첩에 짧게 뭔가를 기록했다.

"아이와 몇 번 대화하면서 느낀 건데, 수린이가 부모님을 자랑스러워했어요. 특히 어머니를요."

휴게실 밖에서 남녀 학생들의 웃음소리가 들리다가 점점 멀어져갔다. 수첩을 보며 잠시 생각하던 선다형이 고개를 들면서 말했다.

"수린 학생과 가까웠던 친구들을 만나 이야기해보고 싶습니다."

추설아가 어딘가로 전화했다.

"전부 네 명인데 위클래스 상담실에서 대기하고 있습니다. 이 건물 1층 동쪽 끝에 있어요. 한 명씩 차례로 면담하시면 될 거예요. 혹시 필요하면 제게 따로 연락하시면 됩니다."

두 사람은 명함을 교환했다.

녀석은 사람이 다가오는 줄도 모르고 봉지에 얼굴을 대고 있었다. 교내 숲길에서 가끔 나타나던 녀석이었다. 민이는 동영상 버튼을 터치했다. 한참 동안 봉지에 머리를 파묻고 있던 연갈색 고양이가 머리를 돌려 민이를 바라보았다. 안녕. 길고양이치고는 깨끗한 녀석이다. 민이가 휴대전화를 들자 녀석이 토끼처럼 숲 안쪽으로 달아나버렸다.

민이는 사료 봉지에 흥미를 느꼈다. 하얀 바탕의 가운데 녹색 줄이 그어진 봉지 아래쪽에 조그맣게 고양이 얼굴이 그려져 있었다. 이 길은 후문 근처에 있는 도서관에서도 안쪽으로 들어와야 해서 사람들이 잘 다니지 않는다. 고양이 사료를 주러 숲 안쪽으로 들어오는 아이들끼리 우연히 마주치는 장소라고나 할까. 봉지는 사람이 다니는 길 쪽으로 조금 더 나와 있었다. 사료를 가지고 다니기 귀찮아서 여기다 봉지를 두고 조금씩 꺼내 쓰려고 했는지도 모른다. 봉지 입구의 지퍼는 닫혀 있었다. 녀석이 머리를 박고 있던 곳을 보니 조그맣게 구멍이 나 있었다. 자세히 보니 사료가 새지 않게 구멍 주변에 투명 테이프가 둘러져 있었다. 한쪽 아래에 돌이 괴어 있어 봉지는 앞쪽으로 약간 비스듬하게 놓여 있었다. 사료가 빠져나가면서 내부 압력으로 조금씩 추가로 나오는 구조였다. 민이는 봉지를 보며 동아리 수업 시간에 다룬 적 있는 아르키메데스의 지렛대 원리를 떠올렸다. 균형점을 이동시킴으로써 원하는 답을 찾아낸다. 누군지는 몰라도 수학을 아는 사람이다. 단순하지만 기발한 자동 급식기. 고양이는 사료 봉지를 보고 외쳤을 것이다. 대박! 그런데 누가 이런 걸 여기에 놓아두었을까?

교내에서 사료를 들고 다니며 숲속 고양이를 챙기는 아이는 많지 않다. 오가다 만나고 스치듯 헤어지는 친구 아닌 친구들. 숲을 돌아 나오는 민이의 걸음이 빨라졌다.

"가스보일러와 연결된 연통 접합부를 인위적으로 벌려놓은 흔적이 있었는데, 근처 방범 카메라 분석과 현장 조사 결과 외부인 출입은 없었습니다. 세 사람 모두 일상적인 실내복 차림이었고 거실에 모여 있었던 걸로 추정됩니다. 죽음을 전혀 예상하지 못했던 걸로 보입니다. 범인만 빼고요."

"피해자 세 명 모두 외상이 없다고 했지?"

"예."

"정리하면 가족 중 누군가가 일부러 가스를 누출시켰다는 거네."

선다형이 말없이 고개를 끄덕였다.

"피해자들 휴대전화 기록은 어때?"

"포렌식을 해보면 좀 더 자세히 알겠지만 일단 오남현은 특이한 내용이 없었습니다. 문자 내용으로 추정했을 때, 석지은은 남편의 회사 사정을 모르고 있었던 걸로 보입니다. 딸도 마찬가지고요."

셀럽 엄마와 우등생 딸. 벼랑 끝에 서 있던 남편.

"오케이."

목창호가 종이컵을 탁자에 내려놓으며 말했다.

"중요한 건 세 사람의 시신 모두에서 수면제가 검출되었다는 사실이야."

"수면제를 처방받고 약국에서 산 사람은 오남현이고요."

목창호가 고개를 끄덕였다.

"확실히 아내와 딸에게는 별다른 동기가 보이지 않

아. 오남현이 아내와 딸에게 어떤 방법으로 수면제를 먹였다고 보는 게 현재로선 가장 자연스러워."

"자살 동기가 없는 아내와 딸에게 수면제를 먹인 건 이해가 돼요. 하지만 굳이 자신까지 수면제를 먹을 필요가 있었을까요?"

"두려워서였겠지. 자살하는 사람에게 주저흔이 있는 것처럼 말이야."

목창호가 말했다.

"2008년 서울에서 발생했던 4인 가족 사망 사건을 알고 있나?"

선다형이 어깨를 으쓱하며 말했다.

"제가 초등학생 때라서…."

"인테리어 사업을 하다가 부도를 낸 가장이 아내와 두 딸에게 수면제를 먹여 살해하고 자신도 자살한 사건이야. 디테일은 좀 달라도 이번 사건과 판박이지."

외부 침입이 없었고 사망자 모두에게 외상이 없다는 점. 동기와 수단 그리고 수면제의 구매 경로 등은 오남현의 가족 살해 후 자살이라는 방향을 가리키고 있었다.

"그 케이크 말이야."

목창호가 조그맣게 접은 종이컵을 쓰레기통에 던

져 넣으며 말했다.

"사건 당일이 석지은의 생일이었어."

아내 생일을 디데이로 잡는다. 함께 생일 노래를 부르고 초를 끈 후, 아내와 딸에게 수면제를 먹인다. 가스를 연 다음 자신도 수면제를 먹고 쓰러져 있는 가족 옆에 나란히 누워 회한에 잠긴 채 눈을 감는다.

자리에서 일어서는 선다형의 머리가 개운하지 않은 건 사소한 한 가지 사실 때문이었다. 마지막 생일 파티까지 해줬는데 왜 초도 뽑지 않은 케이크를 쓰레기통에 버렸을까 하는 의문이었다.

추설아와 관식은 탁자 위에 비스듬히 놓인 커다란 하얀색 사료 봉지를 가만히 쳐다보고 있었다.

"동아리 학생이 둘레길 풀숲에서 발견한 겁니다. 수린 학생과는 고양이 사료를 주면서 서로 안면이 있었던 거 같아요."

관식이 휴대전화 화면을 터치했다.

"교내에서 흡연하는 학생들을 단속하기 위해 작년에 도서관 뒤쪽에 카메라를 설치했답니다. 경비실에 모니터가 있더라고요."

단정한 교복 차림의 긴 머리 여학생이 하얀 봉지를 들고 풀숲 안으로 들어가고 있었다. 차분하면서도 단호함이 느껴지는 걸음. 관식이 화면을 몇 분 후로 건너뛰자 숲길 안쪽에서 걸어 나오는 여학생이 나타났다. 화면 속 오수린은 옅은 미소를 머금고 있었다. 추설아가 화면 속 날짜를 보며 말했다.

"아이가 사망하기 이틀 전이네요."

"이전에도 이런 걸 가져다놓은 적이 있었다면 둘레길 주변을 자주 도는 제 눈에 띄었을 텐데… 처음 보는 물건입니다."

추설아가 턱에 손을 괸 채 혼잣말로 뭔가를 중얼거렸다. 교사 휴게실 공기가 답답하게 느껴졌다. 관식은 자리에서 일어나서 출입문 옆쪽 벽에 설치된 조절기 온도를 2도 내리고는 비스듬히 열려 있던 문을 조용히 닫았다.

"추 선생님?"

추설아가 멍한 얼굴로 고개를 들었다.

"저한테 할 말 있으시죠?"

"…"

"괜찮으니까 말씀해보세요."

"아이와 부모님 모두 사망하는 일은 저도 처음이

라… 그냥 놔둘까 했는데. 그래도 정리해서 다른 친척에게라도 보내드리려고 어제 수린이 사물함을 열었거든요."

아인고등학교는 교실과 복도에 두 개의 개인 사물함이 있다. 공간이 충분해서 학생들이 잡다한 개인 소지품을 학교에 놓고 다니는 경우가 많았다. 관식은 천천히 고개를 끄덕이며 추설아의 다음 말을 기다렸다.

"아무것도 없었어요."

"사물함 두 개 다요?"

추설아가 고개를 끄덕였다. 하지만 사물함을 쓰지 않는 학생이 있을 수 있다. 관식의 말에 추설아가 고개를 저었다.

"청소함 쪽에 붙어 있는 노란색 여분 사물함 두 개 있잖아요. 교실마다 다 있는 거요. 여벌로 쓰고 싶어하는 아이들이 꽤 있어서 학년 초에 제비뽑기했거든요. 그때 수린이도 분명히 제비뽑기에 참여했어요. 꽤나 아쉬워해서 똑똑히 기억해요."

곧 멀리 떠나는 사람처럼 숲속에 놓아두고 간 고양이 자동 급식기와 깨끗하게 비워진 사물함 두 개.

"수린이가 전학이나 자퇴에 관해 이야기한 적은 없어요. 지난번에 형사님이 다녀간 이후에 친구들을 따로

열대야

면담했을 때도 별다른 이야기는 못 들었거든요. 성적도 좋은 편이었고. 학급 아이들이나 동아리 아이들과의 관계도 원만했어요. 수린이가 급식 때 가끔 나오는 과자 간식을 챙겨서 밥 안 먹는 아이의 책상에 슬쩍 놔두곤 했는데….”

두 사람은 담당 형사인 선다형에게 사실을 알리기로 했다.

“그래.”

“예.”

사물함이 비어 있었느냐는 선다형의 물음에 관식과 추설아가 동시에 스피커 모드인 휴대전화에 대고 말했다.

“교실과 복도 사물함 둘 다요. 수린이는 평소 사물함을 자주 사용했어요.”

“사망 직전에 놓아둔 커다란 사료 봉지와 빈 사물함은 학생이 더는 학교에 오지 않을 거라는 암시일 수도 있어.”

선다형이 반론했다.

“꼭 그렇게 단정할 순 없어요. 가령 고양이가 방해

받지 않고 오래도록 먹을 수 있도록 학생이 사료 공급 방식을 바꾸었을 수도 있어요. 사물함 또한 어떤 이유로 특정 시점부터 학교 사물함을 사용하지 않기로 했을지도 모르고요. 확실히 어색한 구석은 있지만 학생의 명확한 동기가 발견되지 않는 한 이 정도 정황으로는 사건을 달리 생각하기 어려울 것 같습니다."

추설아의 큰 눈망울에서 차라리 다행이라는 표정이 읽혔다. 관식은 깍지를 낀 채 무표정한 얼굴로 전화기를 바라보았다. 수사 방향이 정해진 듯했다. 용의자가 특정되었다는 의미일 것이다.

"학생의 휴대전화 기록이나 친구들 면담에서도 특이 사항이 없었고요."

"그럼 혹시 부모님의 통화 기록에 특이 사항은 없을까? 학생과 관련한 내용 중에 말이야."

침묵이 흘렀다. 선다형이 관식에게 어디까지 말해야 할지 고민하는 모양이었다. 교사를 꿈꾸던 실습생 시절에는 다형의 지도교사였으나 현재 관식은 사건과 직접적 관계가 없는 일반인일 뿐이었다.

"음… 특이하다고 할 만한 내용은 없습니다."

선다형은 모녀 사이에 심각한 갈등은 없었던 것으로 추정된다고 말하며 석지은의 휴대전화에 있던 수린의 성적표 사진을 언급했다.

"성적표 사진…?"

관식은 조금 전에 추설아가 스치듯 한 말을 상기했다. 교사들 사이에서 성적이 좋은 '편'이라는 표현은 아주 우수한 학생에게 쓰는 말이 아니다.

"선 경사, 추 선생님이 아이 성적표를 보내주면 어머니가 갖고 있던 성적표 사진과 비교해줄 수 있을까? 번거로우면 사진을 추 선생님에게 보내줘도 되고…."

선다형이 담임인 추설아에게 사진을 전송했다.

전 과목 1등급에 평점 1.2. 우수한 학생이 많은 아인고등학교에서 받기 힘든 성적이었다. 고3 때까지 이 성적을 유지한다면 국내 대학의 원하는 학과에 진학할 수 있는 수준이다. 확실히 석지은이 자랑스러워할 만한 성적이었다. 그런데 문제는 오수린의 실제 성적이 수학과 영어 두 과목이 2등급이라는 사실이다. 통화를 마친 관식은 종이 팩에 든 비닐장갑 통을 들고 일어서며 말했다.

"선생님, 혹시 저 좀 도와주시겠습니까? 선 경사가 도착하기 전까지 할 일이 있어서요."

곧 철거될 파고라는 산속에 숨어 사는 고독한 수행자의 별장과 같은 분위기를 풍기며 힘겹게 서 있었다. 긴 목제 의자에 걸터앉은 두 사람 사이에 노트와 참고서가 고층 건물처럼 깔끔하게 정리되어 있었다. 수린의 짐은 교내 쓰레기 매립지 입구 옆 경계에 정갈하게 쌓여 있어서 굳이 찾으려고 애쓸 필요도 없었다. 관식과 추설아는 교과서와 노트, 참고서와 문제집을 적절히 나누어 특정한 메모가 있는지 찾기 위해 수색하기 시작했다.

규칙적으로 움직이던 추설아의 손과 눈이 멈췄다. 고등학생 분위기가 물씬 풍기는 노란색 표지로 된 얇은 스프링노트였다. 앞쪽 페이지에 연필로 그림이 그려져 있었다. 관식은 그것이 수린의 집 평면도임을 바로 알아챘다. 평면도의 왼쪽에는 복잡한 수식이 적혀 있었고 구석에는 왕관처럼 빛나는 촛불 케이크가 있었는데, 그 옆에 작은 글씨로 짧은 문장 하나가 적혀 있었다.

'생일날 죽는다면 태어난 곳으로 돌아가게 될까.'

추설아의 입에서 금속성 소음이 삐져나왔다. 관식은 말없이 그림 속 수식을 응시했다.

"이 메모는 기체의 운동 방정식이야. 유독가스가

실내 공간을 채우는 속도를 계산한 걸로 보여. 굳이 이런 걸 왜 낙서처럼 써놓은 건지…."

관식이 노트에 눈길을 고정한 채로 혼잣말하듯이 중얼거렸다. 노트에는 여러 가지 기호와 함께 수치들이 그림 주변에 정성스럽게 기록되어 있었다. 상담실 안쪽 수면실 옆 의자에는 추설아가 종이컵을 앞에 놓고 넋이 나간 얼굴로 앉아 있었다.

선다형은 메모를 읽고 또 읽었다. 석지은의 휴대전화 속 성적표가 조작된 것이라는 말을 듣는 순간, 총에 맞은 것처럼 가슴이 뜨거웠다. 사건이 단순해 보일수록 다양한 가능성을 열어놓고 조사해야 한다는 수사의 기본 원칙을 어긴 것이다. 그걸 확인할 생각조차 하지 못했다는 건 심각한 결격 사유다. 빌어먹을.

누출 경보를 차단하고 가스 밸브를 연 사람은 오남현이 아니라 딸 오수린일 가능성이 있었다. 아니 커졌다. 계장에게 보고해야 한다는 생각과 함께 뭔가가 선다형의 뇌 속 피질에 부딪히면서 밖으로 나오려고 애쓰고 있었다. 관식이 물었다.

"사건 현장에 뭔가 특이하거나 어색한 점은 없었어?"

외부 침입이나 다툰 흔적은 없었으며, 세 사람 모

두 거실에서 평온한 모습으로 발견되었다. 인위적으로 파손된 가스 밸브 말고는 흐트러진 부분 하나 없는 일상적인 모습이었다. 그림 속 양초가 눈에 들어왔다. 양초. 선다형은 관식에게 케이크에 관해 말했다. 쓰레기통 안에 작은 그을음 흔적이 있었던 것도.

"먹지 않은 케이크를 초가 꽂힌 채로 굳이 버린 이유를…."

선다형이 말을 멈추고는 관식에게로 고개를 돌렸다.

거실의 부피, 기체의 운동 방정식을 통한 가스의 양, 가스가 공간을 채우는 속도, 그리고 촛불의 연소 시간.

누출된 가스가 조금씩 거실을 채운다. 초에 남아 있던 불씨로 인해 쓰레기통 안에서 연소가 일어난다. 죽음의 정적 속에서 쓰레기통 내부 온도는 계속 올라간다. 금속제 쓰레기통 안쪽의 그을음이 그 증거다. 결국 어느 시점에 쓰레기통 뚜껑이 열리며 실내를 채우고 있던 가스와 만난다.

관식이 노트의 수식에 눈을 박은 채 말했다.

"아마도 가스 중독에 실패했을 경우를 대비한 걸 거야. 초를 시한폭탄으로 사용한 거지."

밀폐된 거실의 온도가 올라갈수록 압력이 점점 커

열대야

저 쓰레기통 뚜껑이 열리지 않았을 것이다. 빠트린 변수로 인해 폭발은 일어나지 않았으나 운이 없었다면 현장에 맨 먼저 들어간 관식과 추설아가 수린이 만들어놓은 이중 살인 장치의 희생자가 될 수도 있었다.

"하지만…."

선다형이 말했다.

"오수린을 범인으로 확정하기엔 부족한 부분이 있어요. 오수린이 부모에게 성적 조작을 사실대로 고백했을 가능성도 남아 있고요."

"그랬다면 수린이 어머니의 휴대전화에 성적표 사진이 그대로 남아 있다는 사실이 설명되지 않아."

선다형은 포기하지 않았다. 수면제를 구입한 건 오남현이다. 동기도 확실하다.

"무엇보다 수면제를 먹인 사람이 오수린이라는 증거가 아직 없어요."

"선 경사가 여기로 오는 동안 나도 그 문제를 생각해봤어."

관식이 자리에서 일어서며 말했다. 상담실 밖은 이미 어둠이 짙게 내려와 있었다.

"범인은 가족에게 수면제를 먹였어. 그 후에 자신도 먹었지. 둘 사이에는 중요한 차이가 있어. 다른 가족에게 먹인 수면제는 커피나 음료에 갈아서 탔을 거야. 모르게 먹여야 하니까. 하지만 범인 자신이 먹을 때는 굳이 그렇게 할 필요가 없어. 알약을 먹듯 그냥 삼켰을 가능성이 커."

"…!"

"음료나 음식을 담았던 그릇을 모두 수거해서 남아 있는 수면제 형태와 DNA를 채취해본다면 가루 형태가 아닌 수면제를 먹은 사람이 누구인지 알 수 있을 거야."

말을 마친 관식은 눈을 감았다. 그냥 아이가 재미로 한 낙서이기를. 이 모든 일이 우연의 일치이기를 마음속으로 빌고 또 빌었다.

목창호가 연푸른색 종이를 탁자 위에 놓았다.

"조금 전에 국과수에서 온 거야. 자네가 찾은 주홍색 머그잔 말이야. 바닥에 가루 형태의 수면제가 소량 남아 있었는데 DNA를 확보했어."

DNA의 주인은 오남현이었다. 증거 발견 이후 목창호는 오남현의 사무실을 재방문했고 서랍에서 30억 원 규모의 제2금융권 대출 서류를 발견했다.

"승인 대기 중이었어. 부대표도 모르게 진행한 모양이야."

"영장도 없이 사무실을 뒤졌다고요?"

"서랍하고 캐비닛 열어본 게 다야. 부대표 동의하에 말이야."

목창호는 어눌한 목소리로 덧붙였다.

"처음 방문했을 때 찾아봐야 했는데…. 성급했어."

선다형이 노란색 노트를 덮으며 말했다.

"그러게요."

오수린은 애초에 자신의 범행을 숨길 생각이 없었는데 말이다.

밤이 깊어지면서 한두 사람씩 자리에서 일어나기 시작했다. 얼마 지나지 않아 학교 앞 프랜차이즈 카페에는 관식과 추설아 두 사람만 남았다.

"아이는 본인의 노력으로 극복하지 못하면 그냥 주저앉아야만 하는 살벌한 싸움터에서 고독하게 2년 반을 버텼어요. 실패를 모르는 부모 밑에서요."

관식이 말을 받았다.

"하지만 실상은 달랐습니다. 아버지 오남현은 무리

한 사업 확장으로 회사 운명이 기로에 서 있었죠. 어머니 쪽은 문제가 없었을까요? 경찰이 집 근처 방범 카메라로 확인한 결과에 따르면 휴일을 포함해서 그녀가 집에서 보내는 시간은 일주일에 20시간이 채 되지 않았다고 하더군요."

"수린이 초등학교와 중학교 생활기록부를 확인했는데, 진로 항목에 일관되게 의사라고 기재되어 있었어요."

상장 기업을 운영하는 경영인 아버지와 유명 법조인 어머니 그리고 의사 딸. 완벽한 가족의 그림을 완성하는 건 수린의 몫이었을 것이다.

"확인해보니 아인고등학교 내신 기준으로 평점 1.5를 넘어가는 학생이 의대에 진학한 경우는 없었습니다. 단 한 건도요. 내신이 아닌 수능 점수로 진학하는 정시 쪽은 더 심하죠. 수도권 의대는 전 과목에서 세 개 이내로 틀려야 하니까요."

"재수하거나 지방 의대로 진학한 후 반수를 하는 방법도 생각할 수 있었을 텐데…."

관식이 고개를 저었다.

"재수나 반수는 무능력을 의미하는 겁니다. 가족 중 유일하게 실패한 사람이 되어버리는 거니까요."

열대야

"성적에 대한 압박감으로 자살을 결심한 것까지는 알겠어요. 그런데 왜 굳이 부모까지 죽여야 했을까요? 그것도 그렇게 따르던 엄마 생일에."

성적표 조작이 드러나고 의대 진학이 불가능하다는 사실을 받아들이느니 영원히 부모의 기억에서 사라지는 쪽을 선택한 걸까. 좋아하던 학교 숲속의 이름 모를 고양이에게 마지막 인사와 미소를 남긴 채.

관식이 식은 커피를 입으로 가져가며 말했다.

"심리학자의 조언이 필요할지도 모르겠군요."

자신이 죽은 후에 부모가 겪을 실망과 비난을 대비한 조치였을 수도 있다. 아니면 실패자로 끝나버린 자신을 냉소적으로 내려다보는 부모의 눈빛을 떠올렸을지도 모른다. 모두 함께 사라진다면 비난받을 사람도 비난할 사람도 없을 테니까. 죽은 후에도 비난받고 싶지 않은 마음은 어떻게 만들어진 마음일까. 관식은 수린이 남긴 메모와 그림을 떠올렸다. 가스와 케이크 초. 자신을 소멸시키고 가족의 존재를 취소할 수 있는 수단. 오남현이 가족에게 솔직했더라면, 석지은이 딸과 더 많은 시간을 보냈다면 결과가 달라졌을까. 관식은 활활 타오르는 열대야 속에서 차갑게 서 있는 회색 대리석 건물을 떠올리며 떠나간 이들의 명복을 빌었다.

에필로그

커다란 화이트보드가 가득 채워졌다. 3학년 정소라
는 눈이 닿을 정도로 목을 빼서 보드 아래쪽을 바라보
았다. 이제 마지막이다. 소라는 손에 묻은 물을 털듯이
두 손을 아래쪽으로 흔들고는 자신이 방금 쓴 숫자를
가리키며 말했다.

"정답은 이거야."

모두의 눈이 출제자인 민이를 향했다.

"훌륭해. 과정이 틀렸는데 답만 맞는다는 건 이 문
제에서 거의 기적에 가까운데."

소라의 두 눈이 놀란 개구리눈처럼 커졌다. 민이가
손사래를 치며 말했다.

"농담이야. 농담. 다 맞았어."

소라의 얼굴이 환해지며 박수 소리와 웃음소리가
교실을 가득 채웠다.

동아리 제로의 연말 행사인 교환 문제 풀이 파티였
다. 회원이 둘씩 짝을 지어 상대방이 만들어온 문제를
풀고 모여서 결과 발표하기. 기한은 일주일. 문제를 푸
는 것만큼이나, 아니 그 이상으로 문제 만들기가 중요

225

하다는 메시지였다. 주어진 문제를 풀기만 하던 사람은 문제를 만들려고 노력하는 과정에서 소중한 뭔가를 얻게 될 것이다. 또 다른 즐거움도 있다. 출제자가 전혀 생각지 못한 방식으로 문제를 풀어내는 것이다. 방정식 문제를 도형으로 풀 수도 있고 확률 문제를 미적분으로 답을 구할 수도 있다. 걸어가는 길도, 걸리는 시간도 각자의 개성에 달렸지만, 도착하는 곳은 궁극적으로 같다. 수학이 주는 삶의 교훈이랄까.

제로 회원 수가 일곱 명인지라 한 명은 어쩔 수 없이 지도교사인 관식과 짝이 되어야 했다. 출제자인 관식은 흥미진진한 스릴러 영화를 감상하는 표정을 지었다. 수학을 좋아하는 역량만으로 평가한다면 이 아이들이야말로 미래의 보석들이다. 이들에게는 수학과 삶이 일체화되어 있기 때문이다. 펑키 머리의 학생이 풀이를 다 썼을 때, 동아리 교실 뒤쪽 문이 소리 없이 열렸다.

"…이 부분에서 평균값의 정리를 사용하면…."

펑키 머리의 풀이는 관식이 제시한 답과 정확히 일치했다. 오답자가 없으면 동아리 지도교사인 관식이 간식을 사야 한다. 학생들의 눈이 관식 쪽으로 모였다가 뒤쪽 빈자리에 앉은 낯선 여자에게로 옮겨갔다. 여자의 입은 미소를 짓는 모양이었으나 옅은 갈색 선글라스 속의 눈은 달랐다. 수업을 마치는 종이 울렸다. 어색한 분위기 속에서 학생들은 백팩을 메고 하나둘 교실을 빠져나갔다. 문이 닫히고 여자가 자리에서 일어나 화이트보드 쪽으로 걸어왔다.

"정수론 문제에 복소수를 사용하다니. 꽤 괜찮은 풀이군요."

어딘가 낯익은 표정과 말투. 여자는 펑키 머리의 답과 문제의 조건 하나를 화살표로 연결한 다음, 화살표 중간에 물음표를 그렸다. 매직을 우아하게 내려놓은 그녀는 화이트보드 앞에 자리를 잡고 앉아 다리를 포갰다. 관식은 여자가 눈앞에 놓아둔 직사각형 명함에 눈길을 주었다. 명함은 뒤집혀 있었다.

"주관식 박사님이시죠?"

관식이 대답했다.

"저는 연구자가 아니니 교사로 불러주시면 좋겠습니다."

여성은 선글라스를 천천히 벗었다. 자그마한 몸집이지만 존재감은 교실을 가득 채우고도 남았다.

"먼저 수업 방해한 것부터 사과해야겠군요."

"동아리를 방문한 첫 외부 손님이 수업을 방해할 만한 일이 뭔지 무척 궁금합니다."

관식은 명함을 뒤집었다. 한국암호연구소 소장 진예리. 명함 아래쪽에 경찰청 자문 전문가라는 신분이 표기되어 있었다.

"긴급하게 여쭤볼 사안도 있고, 또 확인할 것도 있어서요."

예의 바르면서도 상대방을 조용히 억누르는 듯한 말투와 표정이었다. 여성은 관식의 눈을 바라보며 차분하게 말을 이었다.

"몇 달 전에 대한수학회 홈페이지 게시판에 〈소수 판별 알고리즘의 분석〉이라는 제목으로 세 쪽 분량의 짧은 논문이 익명으로 올라왔습니다."

여성은 휴대전화 화면을 몇 번 두드리고는 관식 앞으로 내밀었다.

"그 논문은 기존 암호를 일부 대체할 수 있는 암호 구성 원리에 관한 것이었는데… 제 계산에 따르면 적어도 현재 암호보다 약 스무 배 안정적인 체계로 추정됩니다."

암호연구소… 암호연구소… 진예리. 낯설면서도 어딘가 친숙한 이름. 머릿속 어딘가에서 톡 하는 소리가 들리는 순간, 관식은 그녀가 누군지 깨달았다.

"저는 대한수학회 게시판에 올라온 익명의 논문 저

자가 주관식 박사… 아니 선생님이라고 생각하고 있습니다."

진예리는 화이트보드 뒤쪽의 벽에 달린 목제 문을 가리키며 말했다.

"저 안에 있는 컴퓨터에서 논문을 업로드했다는 증거가 있거든요."

암호 전문가이니 해킹에 능할 것이다. 진예리는 더 이상 말이 없었다. 자신이 20년 전에 날려버린 대학원생 주관식의 엉터리 논문을 아직 기억하고 있는 걸까. 아니면 미래의 슈퍼 해킹범을 체포하고 암호 기술을 원천 봉쇄하려고 온 걸까.

"그 논문은… 제가 올린 게 맞습니다."

우현과의 합작품이었다. 관식은 제자의 소인수분해 아이디어를 자신의 문제에 응용해서 새로운 암호체계를 만들어냈다. 논문 공개는 우현의 아이디어였으나 공개할 내용을 선별하는 건 관식의 몫이었다.

"익명으로 논문을 게시한 이유가 뭔지 궁금하군요."

"그걸 물어보려고 여기까지 오신 건 아니겠지요?"

진예리의 한쪽 눈썹이 위로 올라갔다가 원래 모습으로 돌아갔다.

"논문이 게시된 시점, 좀 더 정확히 말하면 그 직전에 우리 모두가 잘 아는 큰 사건이 있었습니다."

"…"

"스마트폰이 일상화된 요즘에는 해킹도 예전과 다릅니다. 타인의 개인 정보를 이용해서 할 수 있는 일이 아주 많으니까요. 전 국민의 3분의 1이 가입한 온라인 플랫폼 해킹 사건이 나라 전체를 들쑤셨습니다."

진예리의 목소리가 살짝 흔들렸다.

"해킹 시도는 쇼핑몰 플랫폼에서 그치지 않았습니다. 언론에 공표된 건 아니지만 국영은행 쪽으로 해킹 시도가 있었어요. 기업과 정부의 암호체계 안정성을 시험해보려는 목적도 있었던 것으로 추정됩니다."

관식은 진예리가 자신을 만나러 온 이유가 무엇일지 생각했다.

"만약 기존 암호체계가 회복 불가능한 수준으로 붕괴하면 그 경제적 사회적 여파는 예상보다 심각할 겁니다."

"시사 정보는 충분히 잘 들었습니다. 이제 소장님이 찾아온 목적이 무엇인지 들을 때가 된 거 같군요."

진예리는 쥐어짜듯 말을 이어갔다.

"우리는 해킹범이 여러 쇼핑몰의 암호를 푼 방식이

에필로그

동일하다는 사실을 확인했습니다. 논문에 제시된 방법을 응용해서, 해킹범이 도망가며 닫아버린 문을 열 방법을 찾기로 했죠."

"범인을… 잡았나요?"

암호 전문가는 웃으며 고개를 저었다.

"진행 중입니다. 하지만 사건 이후 더 이상의 해킹은 일어나지 않았어요."

"다행이군요."

아마도 처음에는 온라인 쇼핑몰과 은행을 해킹한 범인으로 관식을 의심했을 것이다. 하지만 이내 기각되었을 거고. 주도면밀한 범인이 인터넷 주소를 버젓이 드러내놓고 단서를 흘리지는 않을 테니까.

"선생님의 논문은 훌륭하지만 한계가 있는 것도 사실입니다. 그렇지만 한계가 해소된다면 많은 것을 바꿀 수 있습니다."

진예리는 형을 선고하는 판사처럼 단어 하나하나에 힘을 주며 말했다.

"공식을 제약하고 있는 조건을 해제해서 지금 형태보다 일반화할 수 있다면 해킹을 대부분 예방할 수 있을 테고 결과적으로 더 많은 사람의 피해를 막을 수 있다는 뜻입니다."

관식은 고개를 저었다.

"조건을 해제하면 그만큼 위험도도 높아집니다. 논리적 완결성은 이론의 필요조건일 뿐, 소화되지 못한 새 이론은 암호체계, 아니 경제 현상 전반에 예상치 못한 혼란을 불러올 수 있습니다."

관식은 진예리의 날카로운 시선을 맞받으며 나직하게 말했다.

"현재의 피해를 잘 막을 수 있다면 그것으로 충분하다고 생각합니다."

"…"

한참 동안 관식을 응시하던 진예리의 입에서 한숨이 툭 하고 새어나왔다. 이 사람은 스스로 선을 긋는 겁쟁이가 아니면 생각이 없는 바보다. 마라톤 코스를 달리다가 중간에 멈추고 만세를 부르는 꼴이라니. 암호연구소에서 관련 연구를 진행하고 있다는 말을 굳이 할 필요는 없을 듯했다. 벽을 부수고 전혀 다른 모습으로 탄생한 암호의 얼굴을 보게 되면 해킹 사건의 범인도, 학문 연구의 파트너도 될 수 없는 이 소박한 교사는 어떤 반응을 보일까?

진예리가 파우치에서 선글라스를 꺼낼 때, 관식이 물었다.

"저 물음표가 어떤 의미인가요?"

자리에서 일어선 암호 전문가는 펑키 머리 소녀의 풀이에 그려놓았던 물음표와 관식의 얼굴을 번갈아 보았다. 이윽고 그녀가 말했다.

"그건 해당 조건이 불필요하다는 의미예요. 조건이 없더라도 해답을 구하는 데 전혀 지장을 초래하지 않으니까요. 조건에 낭비가 있는 비효율적인 문제라고 할 수 있군요."

관식은 동의의 표시로 고개를 끄덕였다. 정확하다. 빈틈이 없다. 눈앞의 암호 전문가는 자신의 마음속에 고등학생이 가진 지식과 경험의 한계를 예상해 굳이 조건 하나를 추가한 교사의 마음을 이해할 자리는 없음을 증명했다.

배달 오토바이 소리가 부둣가의 기적 소리처럼 들렸다. 창문을 바라보는 관식의 입에 미소가 떠올랐다.

진예리를 태운 승용차가 정문을 통과해 나간 후, 관식은 학생 쉼터 쪽으로 발걸음을 돌렸다. 타원 형태로 길게 휘어진 좁은 풀숲 길을 걸으며 예상치 못했던 진예리와의 재회를 되새겼다. 논문을 언급하던 암호 전문가의 눈에는 푸른빛이 감돌았다. 그녀가 논문을 일반화할 수 있을까? 쉽지 않겠지만 어쩌면 가능할지도 모른다. 그것도 예상보다 빨리.

관식은 그동안 자신이 개입하거나 연루되어 진상 파악의 고단한 길을 걸어가야 했던 사건들을 떠올렸다. 상식과 합리의 삶을 살던 사람이 자신에게 발생한 결손을 끌어안지 못하고 완벽함으로 포장한 순간, 그는 경로에서 이탈했다. 합리와 광기 사이의 거리는 생각보다 짧다. 하지만 인간은 오류를 통해서 배우고 성장하는 존재다. 어쩌면 논리의 반대말은 비논리가 아니라 완전함일지도 모른다.

까치 한 마리가 소나무 둥지에 앉아서 여유를 부리고 있었다. 관식은 두 달 후면 출소할 우현의 더벅머리를 떠올리며 저도 모르게 미소를 지었다. 인간이 살아가는 한 사건은 사라지지 않을 것이다. 그리고 수학과 논리 또한 인간의 혈관을 타고 계속 흐를 것이다.

왁자지껄한 목소리와 웃음이 들리기 시작했다. 둘레길 풀숲 끄트머리 쉼터에서 제로 아이들이 간식을 목이 빠지게 기다리고 있을 것이다. 피자 상자를 양손에 든 관식의 걸음이 빨라졌다.

에필로그

수(數)를 처음 접하게 된 아이가 그것을 어떻게 인식하는지 연구한 학자가 있었다. 그는 아이 앞에 한쪽에는 사탕 하나, 다른 한쪽에는 사탕 두 개를 놓았다. 그러자 아이는 별다른 고민 없이 사탕 두 개를 골랐다. 사탕의 개수가 하나씩 늘어갈수록 아이의 웃음소리도 그에 비례해서 커졌다. 자연수는 문자 그대로 저절로 인식되는 수이기에 실험에 어려움은 없었다.

$$1 = 1$$
$$2 = 1+1$$
$$3 = 1+1+1$$
$$\vdots$$

문제는 0이었다. 학자가 아이에게 텅 빈 장소를 가리키며 '사탕 0개'라고 아무리 진지한 얼굴로 외쳐도 아이는 그 의미를 알지 못했다. 아이에게 사탕 0개는 허공처럼 존재하지 않는 그 무엇이었다. '아무것도 없음'은 논리적인 개념이지만 논리만으로는 감지하지 못한다

(어른도 마찬가지다)는 사실, 아니 진실을 알게 되었다. 하지만 학자는 포기하지 않았다. 실험과 실패를 거듭하던 끝에 그는 마침내 아이에게 0을 인식시킬 방법을 찾아냈다. 그것은 다음과 같다.

학자는 아이에게 사탕을 하나 준 다음, 다시 뺏었다. 쥐고 있던 사탕이 손에서 떨어져나가는 순간(1-1), 아이의 마음속에는 무언가가 남게 되었다(=0).

0은 자연수가 아니다. 빼기(상실)라는 연산 과정을 거침으로써만 만날 수 있기 때문이다. 0은 모든 수의 시작이며 논리가 작동하는 기초다. 그것은 인간의 감정의 흔들림과 함께 인식된다.

약 5년 전 집에서 기르던 고양이를 잃어버렸다. 다행히 고양이는 곧 찾았으나 아끼는 생명을 잃어버릴 뻔한 사람의 절박한 마음속에 들어갔다 나오는 경험을 할 수 있었다. 살아가면서 두번 다시 겪고 싶지 않은 끔찍한 경험이었다. 고양이는 생명체다. 끊임없이 움직인다. 고양이 찾기는 사라진 물건을 찾는 일과는 다른 차원의 계산과 감정 조절을 집사에게 요구한다.

난해한 수학 문제를 푸는 과정도 이와 유사하다. 필요한 정보들을 서로 연결해 가설을 만든 다음 증명이라는 엄혹한 논리의 길을 걷는다. 종착점을 알 수 없는 어둡고 좁은 길. 실패하면 미련 없이 돌아와 새 길을 찾아야 한다. 그사이에 문제는 다른 얼굴로 바뀌어 있다. 마침내 답을 찾은 순간에 두개골을 뚫고 나올 듯 날뛰는 뜨거운 피. 물론 이것은 고양이와 수학을 좋아하는 사람에게 해당하는 이야기일 뿐이다. 낮에는 수학 문제를 만지작거리고 퇴근 후에는 고양이를 찾는 주인공을 설정한 이유는 내가 바로 그 교집합에 존재하는 사람이기 때문이다.

삶이란 사건과 만나는 일의 연속이다. 그리고 수학의 논리는 사건 해결의 완벽한 모델이다. 내 경험에 따르면 논리가 살아 움직이는 감정과 정확히 포개질 때, 복잡한 사건은 불이 켜진 순간의 어둠처럼 온전히 해소된다. 마치 허공 속에 숨어 있던 0이 마음속으로 훅 들어오는 것처럼.

사람은 문제를 해결하는 과정에서, 때로는 해결에 실패한 문제를 끌어안는 과정에서 자기만의 방식과 깊이를 만들어간다. 이 소설은 수학자이자 아마추어 고양이 탐정인 주관식이 자신에게 다가온 사건들을 해결하기 위해 고군분투하는 이야기다.

누구나 마음속에 잃어버린 고양이 한 마리를 품고 있지 않을까 상상해본다. 부디 우리의 주인공 주관식과 함께 분투하며 논리의 온기를 느껴보시길.

고양이가 정답이다

초판 1쇄 펴냄 2026년 4월 30일

지은이 장우석
펴낸이 이영은
편집장 한이
교정 오효순
디자인 조효빈
      x 일상의실천
홍보·마케팅 김소망
제작 제이오

펴낸곳 나비클럽
출판등록
2017. 7. 4. 제25100-
2017-0000054호
주소 서울특별시 마포구 동교로
22길 49 2층
전화 070-7722-3751
팩스 02-6008-3745
메일 nabiclub@nabiclub.net
홈페이지 www.nabiclub.net
페이스북 @nabiclub
인스타그램 @nabiclub
X @nabiclub17

ISBN 979-11-94127-36-9(03810)